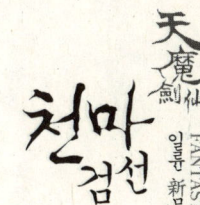

天魔劍仙

천마
검선

일공운 新무협 판타지 소설

FANTASTIC ORIENTAL HEROES

천마검선 1

일류 新무협 판타지 소설

초판 1쇄 찍은 날 § 2008년 6월 2일
초판 1쇄 펴낸 날 § 2008년 6월 10일

지은이 § 일류
펴낸이 § 서경석

편집장 § 문혜영
편집책임 § 유경화

펴낸곳 § 도서출판 청어람
등록번호 § 제1081-1-89호
등록일자 § 1999. 5. 31
어람번호 § 제2-1501호

주소 § 경기도 부천시 원미구 심곡1동 350-1 남성B/D 3F (우) 420-011
전화 § 032-656-4452 팩스 § 032-656-4453
http://www.chungeoram.com
E-mail § eoram99@chol.com

ISBN 978-89-251-1340-1 04810
ISBN 978-89-251-1339-5 (세트)

目次

序

하늘을 향해 치솟은 나무로 가득한 숲.

그 사이를 가로지르는 빠른 인영이 있었다.

눈썹과 머리카락은 물론이고 장포에 검까지 온통 붉은색 일색인 노인이었다.

붉은 눈은 정면에 고정된 채 숲을 미끄러지고 있었다. 무작 정 지나가는 것이 아니라 목적이 분명한 움직임이었다.

노인의 도약 거리를 무시한 비행은 벌써 두 시진 이상 계속 된 상태였다.

노인이 하늘을 올려다봤다.

구름 한 점 없는 하늘에 곧 만월이 될 달이 차랑거리며 빛을 뿌려대고 있었다.

노인은 달을 보다 갑자기 숨을 크게 들이마신 후 뱉었다.

"후욱······!"

쿠콰콰콰!

숨 한 번 뱉었을 뿐인데 엄청난 굉음과 함께 숲이 반으로
갈라졌다.

그 사이를 노인은 무서운 속도로 지나갔다.

노인이 지나간 후 숲은 원상태로 돌아갔다.

마도제일고수인 마중천주(魔中天主) 관걸의 마신비행(魔神
飛行)이기에 보일 수 있는 모습이었다.

노인은 같은 방법으로 서너 번 반복하며 숲의 끝에 도달했
다.

"크하하하하! 드디어 오십 년 동안 찾아 헤매던 천마의 힘
을 수중에 넣을 수 있다!"

관걸은 거대한 호수를 바라보며 소리쳤다.

저 안에는 칠백 년 전 천하를 지배했던 천마의 힘이 잠들어
있었다.

그때였다.

달빛을 향해 하얀 빛이 안개처럼 올라왔다.

"드디어 모습을 드러내는구나! 천마검아! 크하하하!"

관걸은 빛이 안개처럼 피어오르는 곳을 향해 일단 신형부
터 띄웠다.

츠츠르릇.

허공에 뜬 관걸의 손에서 붉은 기운이 흘러나오며 거대한 형상을 만들었다.

천마의 무공인 수라파천(修羅破天)으로 만들어지는 거인의 형상이었다.

관걸은 천마검의 힘을 얻게 될 것을 믿어 의심치 않았다. 붉은 기운을 백광이 감싸며 하나가 되면 천마검의 힘을 흡수하기만 하면 끝이었다.

붉은 기운이 백광에 닿았다.

"응?"

관걸의 표정이 일그러졌다.

당연히 자신의 붉은 기운을 감쌀 줄 알았던 백광이 뒤로 물러서는 것이 아닌가?

이럴 리가 없었다. 좀 더 기다려 보기로 했다. 하지만 한 번 물러선 백광은 관걸의 수라파천으로 만든 거인에게 다가오지 않았다.

"나를 시험하는 거냐? 좋다!"

시험이라면 얼마든지 받아줄 준비가 되어 있는 관걸이었다. 진기를 모두 끌어올려 더욱 거대한 형상을 만들어갔다.

드드드!

그로 인해 호수 표면이 출렁이기 시작했다.

관걸의 수라파천에 의해 만들어진 거인의 형상이 백광을

들이받았다.

콰콰!

적광과 백광이 부딪쳤다.

거대한 폭음이 사방을 울렸다가 금방 가라앉았다.

"큭! 이, 이게 아니잖느냐! 내가 네 주인이다!"

관걸은 자신이 만든 거대한 형상과는 비교도 안 되는 형상의 백광을 지켜보며 겁먹은 표정이 됐다. 이건 시험이 아니었다. 안간힘을 다해 소리쳤지만 그럴수록 백광은 무서운 속도로 적광을 먹어버리고 말았다.

힘을 거두려 해도 마음대로 되지 않았다.

'도, 도대체 왜?'

관걸은 뭐가 잘못됐는지 도저히 알 수 없었다.

대항하는 것 자체가 불가능한 힘이었다.

"내가, 이 관걸이 이대로 죽는 거냐? 아아……!"

너무도 황당해서 손을 놓고 말았다.

천마검의 힘을 얻기 위해 부하들은 물론이고 정도의 무리도 엉뚱한 곳으로 따돌렸다.

천마검은 만월의 음기를 흡수하면 반응하게 되어 있었다. 반응은 빛으로 나타나며 그 색이 백색일 경우 영력은 스스로 주인을 선택할 수 있게 되어 있다고 전해졌다.

첫 번째 생명체.

당연히 관걸은 자신이라 생각했다.

그러나 아니었다.

무심코 떨어뜨린 시선에 호수 표면이 들어왔다.

둥둥거리며 움직이는 인영.

"컥! 저, 저 꼬마새끼!"

관걸은 피골이 상접한 몰골로 호수 표면을 가리켰으나 너무 늦어버리고 말았다. 마지막 진기까지 백광이 모두 흡수해버렸기 때문이다.

놀란 눈으로 자신을 바라보는 열 살짜리 소년.

관걸은 그제야 모든 것을 깨닫게 됐다.

백광을 흡수하겠다고 덤비기 전에 확인했어야 했다.

저 꼬마는 천마검의 힘에다 관걸의 힘까지 갖게 된 것이다.

第一章

문일선

툭.

피로 얼룩진 검이 고사리 손에서 바닥으로 떨어졌다.

고사리 손의 주인은 열 살 남짓의 소년이었다.

마을 사람들의 죽음을 지켜보다 못해 '그만'이라 외치며 검을 쥐고 마을 사람들을 죽이는 자들을 노려본 것밖에는 없었다.

그러나 그 외침으로 주변이 정리됐다.

마을 사람도, 마을 사람들을 도륙하던 자들도 모두 죽어버리고 말았다.

소년의 눈에서는 아직 붉은 안광이 빛을 발하고 있었다. 붉

은 안개는 더 이상 자신을 위협할 존재가 없다는 것을 알고서
야 피어나지 않았다.

소년의 이름은 적우강(赤宇剛).

이 마을에서 고아로 자랐다.

그런 적우강에게 마을 사람들은 모두 가족이나 마찬가지
였다. 이제는 한 명도 없게 됐지만.

"으으으."

적우강의 입에서 신음이 흘러나왔다.

슬픔과는 상관없는 신음이었다.

아픔이었다.

몸 안의 힘이 한꺼번에 쏟아진 까닭이다.

적우강은 이내 양쪽 어깨를 늘어뜨리며 그대로 주저앉고
말았다.

사방이 고요해졌다.

마을로 일단의 무인들이 들이닥친 것은 불과 두 시진도 안
됐다.

헤엄치러 갔다 이상한 일을 겪은 적우강은 겁이 나서 곧장
마을로 돌아왔다. 마을 사람들에게 그 일을 알리려 했으나 그
들이 들이닥쳤다.

수십 명의 무인들은 다짜고짜 마을 사람들을 죽였다.

한 번의 손짓으로 나무며 바위를 두부 썰 듯이 하는 그들은
대항할 능력도 안 되는 마을 사람들을 너무도 쉽게 죽였다.

그것도 적우강이 보는 앞에서.

죽기 싫었다. 마을 사람들처럼 죽고 싶지 않았다.

그 결과가 지금 눈앞에 펼쳐졌다.

적우강의 몸에서 나온 붉은 안개는 무인들을 지나치며 머리며 허리며 손과 발을 모두 잘라 버렸다. 마치 그들이 마을 사람들에게 했던 것을 그대로 따라 하듯이.

스슷.

완전한 침묵에 빠진 마을 입구에 몇몇의 인영이 모습을 드러냈다.

적우강이 주저앉은 모습을 지켜보다 나타난 것이다.

모두 넷.

가장 앞쪽에 나선 차가운 인상의 중년인이 인상을 찌푸리다 입을 열었다.

"이게 겨우 열 살짜리가 할 수 있는 일인가? 저놈은 분명히 관걸과 연관이 있다. 구대문파의 장래를 책임질 고수들을 한꺼번에…… 악마 같은 놈. 관걸이 나타나기 전에 저놈을 데려가야 한다."

중년인은 뒤늦게 도착한 섬서사웅 중 일인으로 섬쾌도 전현도라면 섬서성에선 제법 알아주는 자였다.

스릉.

전현도가 막 검을 뽑아 들었을 때다.

"현도, 데려갈 필요 없네. 저런 악마는 지금 당장 숨통을 끊어야 해."

텁수룩한 수염과 부리부리한 눈이 유독 눈에 띄는 자는 냉혈도 공자문이었다.

그는 전현도를 젖히며 앞으로 나섰다.

그가 적우강을 향해 두 걸음 움직였을 때다.

꿈틀.

적우강의 몸이 움직인 것 같았다.

공자문은 그 순간 거짓말처럼 제자리에 굳어버리고 말았다.

"아직… 움직일 힘이 남아 있었더냐? 꿀꺽."

공자문은 긴장한 얼굴이 됐다.

그가 본 적우강은 악마였다.

열 살 정도로밖에 안 보이는 녀석이 저 정도라면 몇 년만 지나면 필시 강호의 대마두가 될 것이다.

"자문, 움직이지 말게. 우리와 함께 죽이세."

전현도가 뒤에 서 있는 두 사람과 함께 공자문에게 다가갔다. 그들의 손에는 무기가 뽑혀져 있었고, 날의 방향은 적우강을 향해 있었다.

쉬쉬쉭.

네 명의 신형이 빠르게 적우강이 주저앉아 있는 곳까지 날아갔다.

그때였다.

번쩍.

탈진한 것 같던 적우강이 눈을 번쩍 떴다.

소름 끼치는 붉은 안광.

마을 사람들을 도륙하던 무인들을 쓸어버릴 때 봤던 그 눈빛이었다.

"헛!"

네 사람은 동시에 헛바람을 삼켰다.

주저앉아 있던 적우강의 손에는 어느새 검이 들려 있었다.

이미 피하기엔 늦은 상황.

적우강의 머리와 심장을 노리고 네 명의 무기가 날아왔다.

찌이잉!

적우강의 손에 들린 검이 울더니 삽시간에 붉은 안개를 만들어 검을 감쌌다.

쾅!

폭음이 터졌다.

네 명의 무기와 붉은 안개의 충돌로 인한 소리였다.

"이, 이놈은 악마다!"

간신히 복부만 뚫린 전현도를 제외하고 나머지 세 명은 자신들의 무기 파편에 의해 벌집이 되어 죽었다.

붉은 안개에 의해 터져 버린 것이다.

"우웩!"

전현도는 피를 토하며 새우처럼 몸을 굽혔다.

바닥에 박힌 고개를 간신히 돌려 적우강을 찾았다.

적우강은 언제 손을 썼느냐는 듯이 주저앉아 있었다.

'지, 지금이 기회다. 누구 없소? 누가 저 소악마를 좀……'

전현도의 간절한 바람은 생각뿐이었다.

손가락 하나 꼼짝할 수 없는 그의 입으로 목소리가 나오질 않았다.

"허허허, 이런 끔찍한 일이 있나……"

'……!'

전현도의 귀로 늙수그레한 음성이 들렸다.

꿈틀.

전현도는 마지막 힘을 다해 몸을 움직이려 했다.

"이보게, 무슨 일인가?"

인자한 목소리였다.

"웨, 웨엑!"

말 대신 입에서 피가 흘러나왔다.

전현도는 마지막 힘을 쥐어짜 손가락으로 적우강이 쓰러진 곳을 가리켰다.

흐릿한 그의 눈에 노인의 뒷모습이 들어왔다.

도가의 복장을 한 도인인가?

누군지 확실히 보이질 않았다.

그러다 어처구니없는 광경이 그의 눈에 박혀들었다.

수염이 가득한 한 노인의 품에 소악마가 들려 있는 것이다.

"자네의 뜻은 잘 알겠네. 무슨 일이 있어도 이 아이를 살려 낼 테니 편히 잠들게나. 저들 셋과 동귀어진을 한 건가? 진정 대협이로고."

"컥!"

전현도는 노인의 말에 놀라 눈을 부릅뜬 채 숨을 거뒀다.

                    *   *   *

적우강을 구해준 노인은 사일검법으로 유명한 점창파(點蒼派)의 현 장문인 문일선이었다.

문일선은 창백한 안색의 적우강을 딱한 눈으로 바라봤다. 상황이야 어찌 됐든 인연이 닿은 아이였다. 관걸을 만나는 것이 급선무였으나 일단 아이부터 살려야 했다.

"내 코가 석 자인데 엉뚱한 일에 끼어들어서는. 쩝."

문일선은 한숨을 내쉬었다.

사천성에서 이곳까지 온 이유는 마중천주 관걸과 자웅을 결하기 위해서였다.

쇠락의 길을 걷고 있는 점창파를 부흥시키기 위해서는 그 방법 외엔 없었다.

폐관 기간만 삼십여 년.

점창파 내에서 문일선에 대한 불만은 도를 넘어섰다.

장로들의 입에서 '문파는 나 몰라라 하고 무공만 익히는 무능한 장문인'이란 말이 문일선의 귀에까지 들어올 정도였다.

문일선은 그 말을 듣고 크게 반성하며 지나온 세월을 따져 봤다.

무려 삼십 년 동안 외부에 나가본 적이 없다.

그렇다고 문일선이 무공만 익히고 아무것도 하지 않은 건 아니었다.

사일검법을 익히면서 느꼈던 어려운 부분들을 허물고 누구나 익힐 수 있는 검법을 만든 것이다.

현천일검(炫天一劍).

사일검법보다 익히기 쉬우면서도 위력 또한 떨어지지 않는 검법이었다.

완성된 검보를 들고 폐관에서 나왔을 때 장로들은 아무도 믿지 않았다.

구대문파의 고수들이 마중천주 관걸을 쫓고 있다는 정보는 아주 시기적절했다. 현천일검과 현천일검을 익힐 수 있는 일종의 지침서인 현천일검로를 만들어 전해주고 이곳으로 왔다.

현천일검의 뛰어남을 직접 보여주겠다는 의지를 몸소 실천하기 위해서였다.

"이 아이에게 어떤 연유가 있는지 알기나 했으면 좋으련만."

적우강은 특별히 뛰어난 근골을 지닌 것도 아니었고, 혹시나 싶어 몸을 뒤졌으나 신물 같은 것도 지니지 않고 있었다.

숫.

"......!"

나뭇잎 스치는 소리.

문일선은 소리가 난 곳을 향해 시선을 돌림과 동시에 자리에서 사라졌다.

잠시 후,

문일선이 사라진 자리에 한 사람이 나타났다.

흑색 장포로 전신을 감싼 자는 귀가 유난히 큰 반면 눈은 지나칠 정도로 작았다.

"목령신군, 비파편복의 목을 걸고 천주님의 행적이 이쪽으로 이어졌다는 것을 확신한다."

자신을 비파편복이라고 한 흑색 장포인은 근처의 누군가에게 말을 했다.

그러자 비파편복의 옆에 있던 나무에서 뿌연 그림자가 모습을 드러냈다.

"자네의 말이라면 틀림없겠지. 한데 왜 천주님의 모습은 보이지 않느냐는 말이야."

"내 귀는 한 번도 틀린 적이 없다."

"알지. 내게도 냄새가 나, 천주님의 냄새가. 그것도 아주 강하게."

마중천주 관걸의 행적을 놓친 쪽은 무림맹뿐만이 아니었
다.

마중천에서도 관걸의 행적을 찾고 있었다.

비파편복과 목령신군은 마중천 소속의 뛰어난 추적자들이
었다.

목령신군은 냄새를 맡는 시늉을 하다가 옆에 있는 나무를
향해 다가갔다. 그러더니 나무를 부둥켜안은 채 위를 올려다
봤다.

"왜 그러나, 목령신군?"

"……."

"목령……."

"…아닐세. 설마 나무가 있는 곳에서 내 이목을 속이고 숨
을 자는 없지."

목령신군은 말은 그렇게 하면서도 여전히 나무를 끌어안
은 상태였다. 그제야 비파편복은 나무 위에 누군가가 있다는
것을 깨닫고 귀에 내공을 집중시켰다.

'위에 누군가 있다!'

두 사람은 눈을 마주친 후 조심스럽게 돌아섰다.

"장소를 옮기세."

"좋지."

말을 마친 두 사람의 신형이 사라졌다.

목령신군이 올려다보던 나무 위.

문일선이 적우강을 안은 채 서 있었다.

"모른 척하기로 한 건가?"

문일선은 눈이 마주쳐 놓고 그냥 돌아가는 목령신군을 의아한 듯 바라보고 말았다.

품 안에 있는 적우강을 바라봤다.

아무것도 모르고 푹 자고 있었다.

"이젠 어쩐다?"

지난 삼십 년 동안 강호 활동이라고는 한 적이 없는 문일선이다. 이럴 때 어떻게 해야 하는지 판단이 서질 않았다. 일단 움직이기는 해야 할 것 같았다.

츠르르릇.

막 숲을 빠져나왔을 때였다.

"헛!"

수십 줄기의 검기가 문일선을 향해 날아왔다.

문일선은 놀라고만 있을 수 없어 검을 꺼내 들고는 그대로 다가오는 검기들을 잘라냈다.

쾅!

갑자기 공격한 자들을 쳐다봤다.

십여 명이 넘는 인원이 문일선을 엄중한 눈으로 바라보고 있었다. 기척을 숨기고 동시에 공격한 것을 보면 암습이 분명한데 암습한 사람들답지 않게 너무도 당당한 모습들이었다.

"누구신가, 다들?"

문일선은 당황스런 목소리로 물었다.

그러나 당황하는 표정과 달리 문일선의 호흡은 무척이나 안정되어 있었다.

"당신이야말로 정체를 밝히는 것이 좋을 것이오. 저 숲에서 살아 나온 자가 무림맹의 고수가 아니면 이유 불문하고 죽어야 하니까."

앞으로 나선 자는 탈속한 용모에 곤륜파의 복장을 하고 있었다. 곤륜파의 이대제자 기정이란 고수로 무림맹에 소속된 자였다.

"험, 무림맹. 하긴 나는 무림맹에 속하진 않았지. 하나, 나는 점창파의 장문인 문일선이네."

"점창파?"

기정은 뜬금없는 말에 주위를 돌아봤다.

최근 십 년 내, 점창파가 강호의 일에 나선 적은 없었다. 그 때문에 장문인이 누군지, 어떻게 생겼는지 전혀 알 길이 없는 까닭이다.

다른 사람들 역시 알 도리가 없기는 마찬가지였다.

결정을 내려야 했다.

"저는 곤륜파 이대제자 기정이라고 합니다. 죄송하지만 점창파 사람을 거의 모르는지라…… 한데, 그 아이는 누구입니까?"

　기정의 선택은 문일선의 정체가 밝혀질 때까지 동행하는 쪽이었다. 조금 전 기정 등의 공격을 막은 솜씨로 봐서는 가능성이 전혀 없다고는 할 수 없었다.

　"허허허, 모를 수 있네. 그동안 점창파가 강호 활동을 거의 하지 않았잖은가? 이 아이는 저 안쪽 마을에서 구해온 아이일세."

　"마을이라니요? 혹시 구대문파의 고수들이 들어갔던……"

　"맞네."

　"하면 왜 혼자서 나오신 겁니까?"

　기정의 눈빛이 기이하게 변했다.

　"모두 죽었으니 나 혼자 나올밖에."

　"예?"

　기정을 비롯한 십여 명의 고수들이 흠칫 놀랐다.

　문일선의 대답은 너무도 충격적이었다.

　'이상한 점이 한두 가지가 아니다.'

　점창파의 장문인이란 자가 묻는 말에 일일이 대답하는 것도 그렇고 아이만 구해왔다는 말도 이상했다.

　"그럼 그 아이는 점창파와 연관이 없는 아이입니까?"

　"허허허, 마을에서 구했다고 했잖은가?"

　"하면 마을의 아이군요?"

기정의 눈빛이 번쩍였다.

"몇 번을 말해야 되는가? 마을에 있던 사람들은 모두 죽고 이 아이만 살아남았네. 몸 상태가 어떤지 몰라 치료를 해야 하니 이만 비켜주게."

문일선이 다시 움직이려 했다.

"우린 무림맹에서 임무를 받고 왔습니다. 저 안에서 나오신 이상 동행해 주셔야겠습니다."

"동행이라니? 이보게, 난 점창파의 장문인일세. 무림맹과 남이 아닌 관계라는 걸 잘 알잖은가?"

문일선은 어이없는 표정이 되어 말했다.

기정의 눈에는 그런 문일선의 반응이 우습게 보였다.

왜 하필 삼십 년 동안 활동이 없던 점창파의 장문인이 이곳에 나타난 것일까?

"이곳에 점창파의 장문인을 본 사람은 한 명도 없습니다. 단순히 말만 믿고 보내 드리기엔 상황이 좋질 않네요. 더구나 맹주님께선 관걸과 연관이 있는 자라 생각하면 그 누구도 보내주지 말라고 하셨습니다."

"허허, 이것 참."

"마중천주 관걸은 세상 사람들이 알다시피 마교에 뿌리를 둔 자입니다. 그런 자가 이곳에 온 데에는 목적이 있을 겁니다. 소문처럼 천마검을 얻으려 했을지도 모르지요. 대협, 아직은 대협께서 점창파의 장문인이라는 확신이 없기에 이렇게 부르겠습니다."

기정은 문일선이 허락하기도 전에 말을 이었다.

"대협께선 안에서 누굴 만나셨습니까?"

심문하는 말투였다.

문일선은 기분이 언짢았으나 지금 상황에선 대답을 해주는 편이 오해가 풀릴 것 같았다.

"만난 사람 없네. 관걸이 저 안에 있다고 해서 들어갔다가 당도한 곳이 전부 몰살당한 마을이라니……. 그때 살아 있는 이 소년을 만나게 됐고."

"정말 구대문파의 고수들이 전멸했습니까? 수십 명이나 되는 사람들이?"

"그렇다고 몇 번을 말해야 하나."

문일선의 목소리에는 짜증이 은근히 배어 있었다.

'저자가 혹시 관걸이 아닐까?'

기정은 자신의 생각을 좀 더 확인해 볼까 했으나 그만두었다. 관걸을 실제로 보진 못했어도 문일선처럼 엉성한 자가 마도제일인일 리는 없다는 생각이 든 탓이다.

"아이는 저희들에게 넘겨주십시오."

"어허! 이 아이는 지금 정상이 아니라니까. 치료가 필요한 아이일세."

"마을에서 발견했다면 마교와 연관이 있을지도 모르는 아이입니다. 저희가 데려가도록 하겠습니다."

기정은 문일선이 뭐라고 하든 고집을 꺾을 사람이 아니었다. 더구나 기정의 눈은 문일선을 은근히 가려보는 것 같았다.

　문일선의 눈살이 절로 찌푸려졌다.

　"이 아이는 평범한 아이일세. 어디를 봐서 마교와 연관이 있다는 건가?"

　"구대문파의 고수들이 모두 죽었다고 대협 입으로 직접 말하지 않았습니까? 그런 곳에서 살아난 아이입니다. 무슨 뜻이겠습니까?"

　"무슨 뜻인가?"

　"관걸과 연관이 있다는 뜻이지요."

　"허! 죽은 사람은 구대문파의 고수들뿐만이 아니네. 마을 사람도 모두 죽었어. 거기서 이 아이만 살아남은 걸세."

　"그러니 더욱 조사를 해봐야지요. 아이를 제게 넘겨주십시오."

　기정이 손을 내밀었다.

　문일선은 표정을 굳히며 고개를 가로저었다.

　"안 되겠네. 이 아이를 점창파로 데려갈 테니 알고 싶은 것이 있거든 점창파로 오게."

　문일선은 말을 마치고는 돌아서려 했다.

　그 순간, 기정 등이 일제히 포위하듯이 문일선을 에워쌌다.

"그럴 수는 없습니다. 대협의 신분을 우리보고 어떻게 믿으라는 겁니까? 점창파가 강호 활동을 안 한다는 것은 세상이 다 아는 일입니다. 장문인이라면 신물을 지니고 계실 테니 그걸 보여주십시오. 그럼 믿겠습니다."

"관걸과 싸우러 온 사람이 신물을 왜 갖고 오겠는가? 자네들 마음은 알겠으니 이만하고 비켜주시게."

"신물이 없으십니까?"

기정이 눈동자를 돌려 문일선을 쳐다봤다.

그 눈빛은 문일선을 자극하기에 충분했다.

"조금 전에 자네들의 공격을 막은 수법은 점창의 검법이네. 자네들보다 배분이 높은 분들이라면 알아봤을 텐데……. 허허, 이것 참."

망설이는 문일선의 모습이 도망칠 곳을 찾는 것처럼 보였는지 기정은 비웃음을 얇게 지었다.

"무림맹의 명령을 거부하는 자에게 더 이상의 호의는 없소."

"이 사람이 정말……."

"모두 이자를 제압하고 아이를 빼앗으시오!"

기정의 명령이 떨어지자 십여 명의 고수들이 조금 전과는 비교도 할 수 없는 기운을 마구 뿜어대며 문일선에게 달려들었다.

문일선은 재빨리 적우강을 장포에 말아 등에 멘 후 검을 떨쳤다.

쾅!

달려들던 자들 중 두 명이 문일선의 검과 부딪쳤다가 삼 장 가까이 튕겨졌다.

"이, 이건 무슨?"

기정은 깜짝 놀라 입을 쩍 벌렸다.

내공이 어느 정도기에 기합을 준 것만으로 화경의 경지에 이른 고수 둘을 날려 버린단 말인가?

두 눈으로 보고도 믿기지 않는 모습이었다.

더구나 손을 쓴 문일선의 모습은 너무도 멀쩡했다.

삼십 년 동안 하루도 빠짐없이 현천심결을 수련한 문일선 이기에 가능했다. 장문인에 오르자마자 복용한 영약들이 폐 관 수련 기간 동안 제대로 풀린 것이다.

그러나 내공이 늘어난 것과 무공이 강해지는 것은 별개였 다. 이론에만 뛰어난 문일선의 한계이기도 했다. 그런 것을 모르는 기정 등이 볼 때는 대단한 고수의 출현이라 여기는 것 이 당연했다.

"이보게들, 이 아이를 살려야 하네. 비켜주게나."

길지 않은 말이었으나 말속에는 막아선 사람들에 대한 배 려가 담겨 있었다.

기정은 이를 악물었다.

문일선의 조금 전 모습은 분명 대단했으나 저 어눌한 말투며 행동은 고집을 부리게 만들었다.

"안 됩니다. 정 가고 싶으면 아이는 두고 가시오!"

기정이 검을 뽑아 들고 곧장 곤륜파의 성명절기인 천하삼
십육검을 떨쳐 냈다.

'어쩐다.'

문일선은 기어코 기정이 공격을 하자 어쩔 수 없다는 듯이
고개를 저었다.

"헛!"

기정은 공격하려던 문일선이 갑자기 사라지자 고개를 돌
려 찾았다.

"여길세."

"……!"

기정의 시선이 옆으로 돌아갔다.

그곳에 문일선이 서 있었다.

"이런 비, 비겁한!"

급히 검을 떨쳐 문일선의 무지막지한 힘을 막았다.

쾅!

기정은 무려 십여 장 가까이 물러난 후에야 신형을 고쳐 세
울 수 있었다.

문일선이 있던 자리를 노려봤다.

"응? 그자는 어디 있소?"

기정이 주위를 돌아보며 문일선을 찾았다.

"저기 있잖… 어? 사, 사라졌다!"

"맹주님께서 직접 지시를 내린 일이오! 이대로 놓쳐서는 우리들의 면이 서질 않소! 흩어져서 그자를 찾으시오!"

기정은 부축해 준 손들을 뿌리치며 이를 갈았다.

천하삼십육검을 일검에, 그것도 봐준다는 듯이 마지막에 힘까지 뺐다.

'무림맹의 명령에 따르지 않는 사람은 구대문파의 적이야!'

체계를 무시하는 자는 용서할 수 없었다.

기정은 곤륜파에서 그렇게 배웠다. 아니, 구대문파 자체의 가르침이 그랬다.

이러한 것을 부정하는 것은 적이었다.

"에고, 죽겠다."

기정 등이 따라오는 소리가 들리지 않았다.

문일선은 귀찮게 쫓아오면 어떡하나 싶었다가 한숨을 돌리며 자리에 앉았다.

"우웅……."

등 뒤에서 웅얼거리는 소리가 들렸다.

"일어났느냐?"

"누구세요?"

문일선이 돌아보자 적우강이 눈을 깜빡이며 보고 있었다.

업을 때 눈을 감아서 몰랐는데 눈빛이 맑은 녀석이었다.

"허허허. 앞으로 같이 지낼 할아버지."

"같이요?"

"마을에서 있었던 일, 기억이 나느냐?"

"아! 마을!"

"쉿. 쉿. 마을은 이제 없다."

"다 죽었나요?"

"응?"

문일선은 적우강의 얼굴을 뚫어지게 바라봤다.

당연히 울고불고 난리를 칠 것이라 여겼던 반응과 정반대였기 때문이다.

"험. 그, 그래. 마을에선 너 혼자만 살았다."

오히려 문일선이 어렵게 입을 뗐다.

"다 봤어요. 그 사람들이 갑자기 마을 사람들을 막 죽였어요."

"그 사람들? 누구?"

"자기들은 무림맹에서 나왔는데… 관걸이란 자를 내놓으라고……."

태연한 척해도 역시 어린아이였다.

말끝이 심하게 떨리고 있었다.

"관걸? 관걸을 아느냐?"

"모른다고 했는데… 막 다 죽였어요……. 으허엉!"

결국 적우강은 눈물을 떨어뜨리고 말았다. 하지만 문일선은 적우강의 눈물을 보면서 묘한 이질감을 느꼈다. 슬퍼서 우는 것이 아니라 다른 감정으로 인해 울고 있다는 생각이 강하게 든 까닭이다.

"부모님은?"

"없어요."

문일선은 굳이 더 묻지 않았다.

고아란 소리였다.

"한데 이상하구나. 다 죽었는데… 어찌 너만 멀쩡한 게지?"

"무서웠어요. 조씨 아저씨도 죽고 곽씨 할아버지도 죽고… 너무 무서워서… 그러지 말라고… 그랬는데… 그래도 계속… 정말 그렇게 될 줄 몰랐어요. 으허엉!"

"……?"

"엉엉!"

"뭐? 뭘 몰랐는데?"

"엉엉! 촌장 할아버지… 으허엉… 죽이려고… 다 죽어버리라고… 했어요……! 엉엉엉!"

"너, 설마 그래서 그들이 다 죽었다고 생각하는 건 아니지?"

문일선은 열 살짜리 어린애의 입에서 나올 말이 아니란 것을 알면서도 엉뚱한 질문을 했다.

그러나 적우강은 눈물을 닦으며 오히려 문일선을 빤히 바라봤다.

"죽었어요."

"……"

어떻게?

문일선은 당황스런 눈으로 적우강을 쳐다봤다.

"혹시 관걸이란 사람을 본 적 있느냐?"

"아니요."

적우강은 아직도 훌쩍거리며 눈물을 떨어뜨리고 있었다.

"정말로 몰라?"

"예."

"흠."

문일선은 심각해지고 말았다.

'이 녀석의 말이 사실이라면 죽어가면서 적우강을 가리킨 자는… 헛! 호, 혹시 이 아이가 죽였다는 것을 알려주려고?'

수십 명에 달하는 구대문파의 고수들을 이 꼬마가 죽였다? 무슨 수로? 적우강의 전신을 훑어봐도 특별한 구석은 발견할 수 없었다.

근골도 썩 훌륭하지 않았다.

적우강은 그냥 열 살짜리 소년에 불과했다.

그러나 적우강의 말이 사실이라도 기정에겐 보낼 수 없었다.

"허허허, 그러고 보니 이름도 묻지 않았구나. 이름이 뭔고?"

"엉엉… 적우강이요."

"적? 특이한 성씨구나."

"촌장 할아버지가 지어주셨어요."

적우강은 대답을 하면서도 문일선한테서 한 번도 시선을 떼지 않았다.

불안한 눈이었다.

문일선이 버릴까 봐 두려운 눈이었다.

"허허허, 이 할아버지는 점창파의 장문인이다. 점창파란 곳을 아느냐?"

"아니요. 하지만 말해주면 금방 기억할게요. 촌장 할아버지가 저보고 머리 좋다고 그랬어요. 기억할게요."

울면서도 문일선이 듣고 싶은 말이 어떤 건지 생각을 했던 모양이다. 적우강의 한마디 한마디가 참으로 절실하게 느껴지는 문일선이었다.

"녀석, 그런 건 몰라도 돼. 사람들도 잘 모르니까. 쩝. 허허, 허허허."

괜스레 눈이 촉촉해졌다.

적우강은 문일선을 빤히 쳐다봤다.

이상한 할아버지였다.

마을에서는 적우강이 대답을 하면 귀찮다며 떼어내려 하

는 사람들이 대부분이었지 저런 따뜻한 눈빛을 건네는 사람
이 없었다.

동정과 구박에 익숙한 적우강으로서는 너무도 편안한 눈
길이었다.

"으허엉……!"

아까는 두려운 광경이 떠올라 울었지만 이제는 열 살다운
울음이 터졌다.

"왜 또 우느냐?"

"할아버지, 저 좀 데려가 주세요. 예?"

적우강은 문일선의 팔을 잡고 눈을 동그랗게 뜬 채로 애원
했다.

"허허, 이런 녀석이 있나. 알았다, 알았어."

문일선은 매달리는 적우강을 보며 가슴이 짜했다.

열 살짜리 어린애가 할 수 있는 말이 아니었다.

사사삭.

"쉿. 조용히 할 수 있지?"

문일선이 적우강의 입을 막으며 물었다.

적우강은 힘차게 고개를 끄덕였다.

문일선은 장포를 펼쳐 적우강을 등에 묶은 후 두 팔을 자유
롭게 만들었다.

숲의 흔들림이 빨라졌다.

문일선은 흔들리는 곳 반대편으로 움직였다.

그러나 그 선택은 좋지 않았다.

막 나무 하나를 넘었을 때 눈에 들어온 광경.

이미 본 적이 있는 비파편복이 무리의 앞에 서서 문일선을 보고 있었다.

"그, 그자입니다!"

문일선은 인상을 쓰며 나뭇잎 위에 멈춰 섰다.

비파편복의 뒤로 늘어서 있는 자들 중에 유난히 시선을 끄는 인물이 보였다.

마중천 십대장로 중 막내인 무극신마(武戟神魔).

관걸의 행방을 수소문해서 이곳까지 온 자였다.

"대단한 신법이로구나. 내 눈이 틀리지 않았다면 그것은 비운축영(飛雲逐影)인 것 같은데?"

"맞소."

문일선은 피해도 시원찮을 상황에 신법을 알아봤다는 것만으로 반가운 표정이 되고 말았다.

"맞다고? 크크크, 우습군. 우리가 무서워 꼬리를 말고 나타나지 않던 점창에서 예까지 무슨 일이냐?"

"그건 잘못 아셨구려. 당신이 누군지는 모르지만 점창파는 누구도 겁을 내지 않소."

"나를 모른다고? 무극신마인 나를?"

"무극신마? 아! 들어본 적 있소. 마중천의 장로 중 한 명이라는…… 맞소?"

문일선의 목소리에는 어떠한 가식도 깃들어 있지 않았다. 순수하게 질문을 건넨 것이다.

무극신마는 자신에 대해 알고 있으면서도 여전히 평정을 유지하는 노인에 대해 그제야 궁금해졌다.

"너는 누구냐?"

"점창파의 장문인 문일선이오."

"장문인?"

"그렇소."

계속해서 평정을 유지하고 있는 문일선의 모습에 무극신마의 머릿속이 복잡해졌다. 정도의 떨거지들이 마중천주 관결을 잡으려고 나선 것이야 알고 있지만 점창파의 장문인까지 나섰을 줄은 몰랐다.

무극신마는 문일선의 실력을 가늠해 봤다.

나뭇잎 위에 저토록 오래 서 있는 것만 봐도 상당한 내공을 지닌 자다. 제압하려면 좀 걸릴 것 같았다.

"보내줄 테니 그냥 가라."

"허허허, 안 그래도 그럴 참이었소."

"큭. 운이 좋았다는 것만 알아둬라."

문일선이 정말로 가려는 걸 보고 묘하게 자극하고 싶어 건넨 말이었다. 하지만 문일선은 무극신마가 비웃든 말든 별로 신경 쓰지 않았다.

"다음에 다시 보면 되잖소. 그럼 또 봅시다."

"……."

무극신마는 문일선의 대답에 순간적으로 멍해지고 말았다. 그때였다.

츠르르르릇.

바람을 가르는 음향이 들렸다.

'응?'

무극신마의 눈이 날카롭게 변했다.

"혼자가 아니었더냐! 시간을 끌었다? 크하하하! 생긴 건 어수룩하게 생겨서 제법 머리를 썼구나! 쌍마, 처리하라!"

차창!

방금까지 없었던 두 사람이 무극신마의 양쪽에서 모습을 드러냈다. 적청쌍마라고 불리는 두 사람은 불과 물의 기운을 지닌 자들로 무극신마의 호위들이었다.

"크크크."

"카카카."

기괴한 웃음과 함께 달려드는 적청쌍마를 보던 문일선은 뒤를 돌아보다 깜짝 놀랐다.

"헛!"

어느새 기정 등이 쫓아와 륜을 날리고 있었다.

뒤에는 륜, 앞에는 적청쌍마.

설상가상이었다.

"아이를 내놔라!"

기정의 목소리였다.

지켜보던 무극신마의 눈이 그제야 문일선의 뒤에 매달려 있는 적우강을 발견했다.

'아이?'

第二章
특이한 아이

콰쾅!

적우강은 원처럼 생긴 류이 푸른빛과 붉은빛에 의해 잘리는 것을 신기한 눈으로 쳐다봤다.

"우와, 신기하다!"

"우강아, 눈을 감아라. 저건… 어이쿠!"

문일선은 설명을 하려다 말고 급히 몸을 피했다.

기정 등을 공격하던 적청쌍마가 자신들의 무기인 도와 편을 회수하며 갑자기 방향을 틀었기 때문이다.

문일선을 목표로 바꾼 것이다.

"할아버지, 저기 눈 빨간 할아버지가 와요. 어, 어!"

적우강의 눈에 적청쌍마 중 적마가 다가오는 것이 보였다.
그의 붉은 눈을 보자 적우강은 자신도 모르게 가슴이 뛰었다.

저 눈빛, 본 적이 있었다.

호수에서 봤던 그 이상한 노인의 눈과 비슷했다.

"할아……."

"허허허, 싸우고 싶은 사람끼리 싸우지 그러시오, 무극신
마?"

쉭.

문일선은 순식간에 적청쌍마의 시야에서 사라졌다.

문일선이 창안한 현천일검은 총 삼식으로 구성되어 있었
다.

발현, 잠둔, 그리고 미리반천.

첫 번째 초식 발현은 근접 거리에서 사용하는 초식이고, 두
번째 초식인 잠둔은 상대의 시야를 피해 움직일 수 있는 보법
위주의 초식이며, 마지막 세 번째 초식인 미리반천은 다수의
적을 상대하거나 정면 돌파가 필요할 때 사용하는 초식이었
다.

잠둔을 쫓아올 정도의 안력을 지닌 고수는 흔치 않았다. 지
금도 적청쌍마는 문일선을 놓치고 허둥대고 있었다.

그 모습을 보며 문일선은 사제들을 떠올렸다.

할 줄 아는 거라곤 피하는 재주밖에 없다고.

사람만 좋아서는 안 된다고.

'허허허.'

문일선이 점창파의 장문인이 된 것은 실력 때문이 아니었다. 기가 센 사제들 틈에 끼인 것이 죄였다. 사부님의 임종으로 공석이 되자 서로들 장문인을 하겠다고 난리를 피우다 문일선한테 양보를 한 것이다.

무공을 몸으로 익히는 것보다 머리로 익히는 쪽을 더 좋아하는 문일선이라면 양보해도 문제가 없다고 생각했던 모양이다.

이런저런 상황을 다 알기에 문일선은 최선책으로 장문인직을 수락하고 말았다.

그 결과가 현재의 점창파였다.

문일선은 장문인이 된 직후, 폐관 수련에 들어 삼십 년 동안 밖으로 나오지 않았다. 장문인의 결정이 있어야 하는 일들이 한 해, 두 해 미뤄지면서 점창파의 강호 활동은 없어지게 됐고, 그 때문에 제자들 수가 급격히 줄어갔다.

문일선이 삼십 년 만에 현천일검을 만들어 밖으로 나왔을 때, 일곱 사제는 나와보지도 않았고 막내 사제만이 반가워해 주었다.

사일검법에 비견되는 대단한 검법을 창안했다고 하자 막내 사제는 크게 기뻐해 주었지만 그걸로 끝이었다.

다른 사제들의 공격은 다음날부터 시작되었다.

보여달라는 요구들, 문일선이 장문인으로서 할 수 있는 것을 보여달라는 요구들이 쇄도했다.

그 일로 인해 문일선이 이곳까지 오게 된 것이다. 현천일검이 관결과 자웅을 결할 수 있는 무공이란 것을 보여주기 위해.

장문영부는 나오기 전에 막내 사제에게 전한 후였다.

"크ㅎㅎ, 무림맹의 떨거지들아, 천주님은 지금 어디 계시느냐!"

무극신마가 기정 등을 향해 무섭게 소리치는 것이 들렸다.

"관결의 행방을 왜 우리에게 묻느냐! 우린 네게 볼일 없으니 비켜라!"

기정의 당당한 외침에 무극신마의 표정이 기이하게 변했다. 헷갈리는 말이기 때문이다.

'이것들, 뭐지? 저 늙은이는 분명 점창파의 장문인이라고 했는데 왜 정도 나부랭이들이 공격을……. 저 아이가 뭔가를 쥐고 있다는 소린가?'

무극신마는 문일선의 뒤에 달려 있는 적우강을 다시 한 번 쳐다봤다.

"내게 볼일 없다? 그 말을 들으니 뭐에 관심이 있는지 알고 싶구나. 크ㅎㅎ."

"알 것 없다."

"정도 나부랭이들의 눈에 나 무극신마보다 더 관심이 가는 것이 뭘까? 점창파의 장문인은 아닐 테고, 저 꼬마부터 잡고 나서 다시 묻지. 비파편복, 실력을 발휘해야겠다."

무극신마의 눈이 비수처럼 문일선의 뒤쪽을 향했다.

비파편복은 명령이 떨어지자마자 귀를 반으로 접으며 입을 크게 벌렸다.

그 모습에 기정이 급하게 소리쳤다.

"모두 귀 막아!"

"크흐흐흐, 편복의 음파는 인간의 영역을 벗어난 고음파다. 귀를 막는 걸론 해결이 안 되지."

무극신마는 여유롭게 기정 등을 바라보고는 눈짓으로 적청쌍마에게 문일선을 공격하란 신호를 보냈다.

지끈.

"욱!"

적우강이 갑자기 머리를 움켜쥐며 고통스러워했다.

"우강아, 머리가 아프냐?"

문일선은 기정 등이 괴로워하는 것과 달리 너무도 평안한 표정을 짓고 있었다.

"으으… 예."

'저자는 흡사 박쥐처럼 행동하는구나. 저 음공은 듣지 않으려고 하면 할수록 더 잘 들리는데 큰일이구나. 이럴 때는 다른 생각을 해야 하는데.'

적우강의 몸부림이 심해지고 있었다.

문일선으로서는 더 이상 선택의 여지가 없었다.

"우강아, 이 할아버지가 지금부터 하는 말을 잘 들어라. 기억할 수 있겠느냐?"

"ㅇ으으."

적우강은 대답할 상태가 아니었다.

그러나 방법이 없었다.

"현천(炫天)이란 하늘을 빛내는 정기를 몸으로 받아들이기 위한 일종의 우주…(중략)… 소우주는 몸 어디서든 나타날 수 있다. 그것은……. 기억했느냐, 우강아?"

"아파요. 머리가 아파요."

"정신 차리고 잘 들어라. 그래야 머리가 안 아파."

사실이었다.

문일선은 지금 정신이 하나도 없었다.

내공으로 기의 흐름을 끊어놓은 상태라 머릿속으로 들어올 사념은 없지만 적청쌍마의 공격을 피하느라 발이 바빠졌기 때문이다.

그러면서도 조금 전에 들려주었던 현천심결의 내용을 다시 한 번 천천히 읊어주었다.

적우강이 기억할 수 없는 상태라는 것을 알기에 일단은 계속해서 정신을 흩뜨리기 위해 말을 해주는 것일 뿐 정말로 외울 거란 기대는 하지 않았다.

"기억했느냐?"

"……."

"우강아, 우강아!"

"예."

"괜찮으냐?"

"예."

"괜찮다고? 어떻게?"

"할아버지가 말해주는 것을 외우라면서요? 정말로 머리가 안 아파요."

"……."

문일선의 움직임이 순간적으로 멈췄다.

적우강이 하는 말을 제대로 듣고 만 까닭이다.

어떻게 괜찮을 수 있지?

현천심결은 그냥 듣기만 해서는 효과가 없었다. 듣고 실천을 해야 효과가 있었다.

소우주를 생성시키는 시작이며, 생성으로 인해 순환이 이루어지며, 순환으로 인해 탄생과 소우주를 크게 만들주는 것이다.

그것을 단 두 번 듣고 실천했다?

있을 수 없는 일이었다.

"다시 한 번 말해보아라."

"머리가 안 아프다고요. 소우주는……."

적우강의 중얼거림을 들었다.

문일선이 들려준 구결을 토씨 하나 빠뜨리지 않고 중얼거리고 있었다.

쾅!

문일선을 공격하던 적청쌍마가 기정 등과 충돌하는 소리였다. 십여 명의 검과 적청쌍마의 도와 편이 부딪친 것만으로 주위 공기가 터져 나갈 것처럼 팽창했다.

지금이라면 적청쌍마를 몰아붙일 수 있었으나 그러기엔 무극신마의 시선이 마음에 걸렸다. 이럴 때는 차라리 피하는 것이 나았다.

막 몸을 빼려 할 때였다.

무극신마의 붉은 눈동자가 움직이려는 문일선을 돌아봤다.

'……!'

뭔가 이상했다.

문일선은 급히 검을 들고 주위를 경계했다.

"늦었다."

무극신마의 입 모양은 분명 그렇게 말하고 있었다.

순간, 문일선은 등 쪽이 허전하다는 것을 깨달았다.

"우, 우강아!"

재빨리 뒤를 돌아봤다.

오 장 밖의 나무.

이미 본 적이 있는 목령신군이 적우강을 안고서 나무로 사라지려 했다.

"멈춰!"

문일선의 검에서 검기가 피어올랐다.

츠르르릇.

검기가 한 올 한 올 아지랑이처럼 피어나더니 급기야 순식 간에 뭉쳤다.

"헛! 거, 검사!"

목령신군은 그 모습에 기겁하며 서두르려 했으나 문일선의 검기가 그보다 빨랐다.

투학!

주위의 나무들이 일제히 터져 나갔다.

그제야 목령신군은 적우강을 놓고 나무로 사라지고 말았다.

콰쾅!

기정 등을 돌아봤다.

아직 적청쌍마와 싸우고 있었다.

문일선은 적우강을 안아 앞으로 돌리고는 허리끈으로 묶었다. 그리고는 자리에 앉아 검을 튕기기 시작했다.

땅— 따당—

현천진기가 담긴 소리가 사방으로 퍼졌다.

그러자 비파편복의 공격에 고통스러워하던 기정 등의 움직임이 조금은 좋아진 것처럼 보였다.

"우강아, 이 할아버지가 잘못 생각했다."

"왜요?"

적우강은 조금 전에 얼마나 위험한 상황에 처했는지 모르는 것처럼 천진난만하게 되물었다.

"마중천주 관걸을 상대하러 왔는데 장로 중 한 명에게 쩔쩔매고 있잖느냐. 허허허."

문일선의 검을 튕기는 행동은 효과가 있었다.

기정 등 십여 명의 공격이 조금 전보다 더욱 매서워졌다.

"됐겠지."

문일선은 튕기던 검을 거두며 옆을 돌아봤다.

"나무에 숨어 있기만 했어도 이러진 않으려고 했다오. 부디 내세에는 좋은 사람으로 태어나시오."

문일선의 말은 나무 밑동 아래 피를 쏟으며 죽은 목령신군을 향한 말이었다.

검을 통해 사방으로 퍼진 현천진기는 소우주를 형성하고 그 소우주는 원하는 형태로 변해 일종의 공격을 한 것이다.

무극신마처럼 호신강기를 펼칠 정도의 고수에겐 위협이 되지 못하겠지만 그렇지 못한 사람들에겐 충분히 위협이 될 수 있었다.

그러나 정작 문일선은 목령신군의 죽음을 직접 확인하지 않았다. 현천진기를 실은 공격에 의해 죽었는지 아니면 다른 공격에 의해 죽었는지 아무도 모르는 것이다.

"끄악!"

비명을 내지르는 사람은 기정과 함께 있던 자였다.

문일선은 도와주려다 빈자리를 메우며 다시 싸우는 기정을 보고는 무극신마를 돌아본 후 곧장 신형을 날려 자리를 피했다.

그 모습을 지켜본 무극신마는 비파편복에게 따라가라는 눈짓을 보냈다.

적우강은 문일선의 품 안에서 많은 것을 보았다.

비록 열 살의 어린 나이지만 눈칫밥으로 살아온 탓에 상황 파악은 여느 어른 못지않다고 자부하는 적우강이었다.

"왜 도망쳐요, 할아버지?"

"그게 무슨 소리냐? 내가 언제 도망을 쳐?"

"지금 도망치는 거잖아요."

"어허, 별소릴 다 한다. 그런 말은 하는 게 아니다."

"왜요?"

"왜긴, 그런 게 아니니까."

"그런 게 뭔데요?"

"끙!"

문일선은 한숨을 내쉬었다.

꼬마를 설득하는 것은 무척이나 어려웠다.

"참, 아까 얘기해 줬던 거 뭐예요?"

"뭐?"

"소우주가 어떻고 그런 거요."

"아! 현천심결 말이냐?"

"그게 현천심결이란 거예요?"

"글은 알고 있느냐?"

"예. 촌장 할아버지한테 배웠어요."

"놀랍구나. 아까 내가 들려준 얘기는 어려운데 잘 이해하고."

"헤헤, 그냥 알겠던데요?"

"그래? 허허허. 우강이 대단한걸."

"그거 외운 게 그렇게 대단한 거예요?"

"그럼. 허허허."

현천심결을 완전히 이해했을 리는 없겠지만 그것만으로 비파편복의 음공을 이겨낸 것은 대단한 자질이 분명했다.

'현천심결. 잊지 말아야지. 헤헤.'

문일선의 칭찬에 적우강은 기분이 좋아졌다.

현천심결은 굳이 외우려고 하지 않았으나 머릿속에 박힌 것처럼 또렷하게 기억됐다.

이는 검을 드는 건 어렵지만 그다음은 어렵지 않은 것과 같은 이치였다.

관결과 천마검의 힘을 한 번 사용한 적우강에게 현천심결의 내용을 이해하는 것은 어렵지 않았다. 이미 적우강의 몸은

'어떻게' 라는 상식을 벗어난 까닭이다.

"크크르. 신마님, 쫓아가서 죽일까요?"

청마가 자신의 도를 핥으며 물었다.

그러나 무극신마는 고개를 가로저었다.

"그럴 필요 없다. 그보다는 천주님의 행방을 찾는 것이 급선무다. 적청쌍마, 너희들은 다시 부를 때까지 몸을 숨겨라."

적청쌍마가 순식간에 사라지고 나자 부하 중 한 명이 조심스럽게 다가왔다.

"신마님, 목령신군이 죽었습니다."

"그래? 그 점창파의 장문인이란 늙은이가 죽인 모양이군."

"한데 그것이… 그자가 손을 쓰기 전에 이미 죽은 것처럼 보입니다."

"뭐?"

"허리가 잘려 죽었는데 검에 의한 상처가 아니었습니다. 마치……."

"마치, 뭐?"

"저절로 터져 버린 것 같았습니다."

부하는 무슨 상상을 하는지 몸을 떨었다.

무극신마는 짜증스럽게 부하를 돌아봤다.

부하는 곧바로 입을 다물었다.

"쓸모없는 것들. 일을 시키면 보고를 해야……. 오는구나."

무극신마의 시선이 날다람쥐처럼 나무 사이를 건너오는 인영에 고정됐다.

인영은 마을로 보냈던 부하였다.

"무극신마님, 알아보고 왔습니다."

"어떻더냐?"

"마을에선 천주님의 흔적을 발견할 수 없었습니다."

"뭐야?"

"대신……."

"대신, 뭐!"

"숲을 관통한 흔적을 발견했습니다."

"관통?"

"외람되지만 마신비행으로 여겨지는 흔적입니다."

"마신비행? 어디냐? 당장 가봐야겠다."

"또 한 가지는 호수에서 얼마 떨어지지 않은 마을에서 무림맹의 고수들이 몰살당해 있었습니다."

"몰살? 어느 정도의 고수들이었느냐?"

"구대문파의 이대제자 이상으로 보여집니다. 개중에는 제법 이름이 알려진 자들도 있었습니다."

부하의 보고를 듣고 있던 무극신마가 인상을 썼다.

왜 이 순간 문일선의 앞에 매달려 있던 적우강이 떠오른단 말인가? 기정 등의 아이를 내놓으라는 외침도.

"그 마을에 무림맹의 떨거지들이 있느냐?"

"지금은 없습니다. 조금 전에 곤륜의 영허 진인이 상당한 고수들로 보이는 자들과 조사를 하고 자리를 떠났습니다."

"영허? 그 늙은이가 아직도 살아 있었단 말이냐?"

"제가 보기엔……."

"됐다. 마을로 간다."

*   *   *

호수를 둘러싼 숲을 벗어나자 강이 나왔다.

강은 한눈에 들어올 정도로 그리 길지도, 그리 넓지도 않았으나 점창파에서 지금껏 생활해 온 문일선에겐 무척이나 길고 넓게 보였다.

가만히 강을 보자니 마음이 착 가라앉고 말았다.

강은 계속해서 흐르고 있었다. 마치 한시도 멈춰 있지 않으려는 문일선 자신처럼 계속해서 흘렀다.

강에 도착하자마자 품에서 벗어난 적우강은 헤엄치기에 여념이 없었다. 호숫가에서 자라서 그런지 무척이나 헤엄을 잘 쳤다.

물 만난 물고기처럼 폴딱거리며 노는 모습이 그토록 자유롭게 보일 수 없었다.

문일선은 스스로에게 물었다.

내가 과연 저렇게 즐거웠던 적이 있었던가?

어린 시절 사제들과 함께 생활할 때도, 성인이 되어 문파의 장문인이 됐을 때도, 현천일검을 완성하고 강호에 나온 지금도 행복한 적은 없었다.

대사형과 장문인이란 짐을 원하지 않은 상태로 짊어지게 됐다. 한 번도 자유로움과는 거리가 먼 삶을 산 것이다.

생각이 여기에 이르자 문일선은 갑자기 자리에서 일어나 장포를 벗고는 속곳만 입은 채로 적우강을 향해 달려갔다.

첨벙첨벙.

기정 등과 무극신마가 주변에 있다는 걸 알면서도, 그들을 피해 적우강을 안전한 곳으로 데려가야 하는 걸 알면서도 충동을 참을 수가 없었다.

지금이 아니면 해볼 수 없는 일이었다.

강으로 달려가는 동안 어린애라도 된 것처럼 마냥 신이 났다.

"누가 헤엄을 더 잘 치는지 보자."

"할아버지, 안 돼요."

"왜?"

"저, 엄청 빨라요."

"헹!"

문일선은 코웃음을 치더니 물살을 가르며 강을 건너기 시작했다. 그 모습에 적우강은 까르르 웃으며 곧바로 뒤따랐다.

조손처럼 정겨운 두 사람을 지켜보던 시선들이 어이없는

웃음을 짓고 말았다.

"이곳에서 한가로이 헤엄을? 정말 모를 분이로고. 문일선이란 이름만 들어서는 모르겠더니 얼굴을 보니 기억이 나는 것도 같구나, 기정아."

약간 쉰 목소리로 혼잣말을 하는 도인은 반백의 머리에 당당한 풍채를 자랑하고 있었다.

"저도 헷갈렸던 부분입니다, 사숙."

기정은 허리를 숙이며 걱정스런 눈으로 적우강과 문일선을 바라봤다. 적우강이야 그렇다 쳐도 문일선까지 물에 들어갈 줄은 기정도 예상치 못했다.

물살을 가르며 강 건너편에 도착한 문일선은 적우강을 안고서 물에 빠뜨렸다가 다시 들어서 내던지길 반복했다.

놀이란 것의 즐거움을 만끽하는 중이었다.

적우강은 아무리 덤벼도 문일선의 손에서 벗어날 수 없었다. 그래도 즐거웠다.

"까르르!"

"허허허!"

문일선은 간지럼도 태우고 달려드는 적우강을 안고 뒹굴기도 했다. 얼굴에서 웃음이 지워지질 않았다. 즐거웠다. 적우강과 같이 노는 것이 즐거웠다.

그러다 보고 말았다. 옷을 벗어놓은 곳에 일단의 무리가 있는 것을.

굳이 집중해서 보지 않아도 기정 등이란 것을 짐작할 수 있었다.

"우강아."

"까르르! 할아버지, 저 위로 헤엄쳐요."

"허허허, 이젠 그만 해야겠다. 손님이 온 모양이다."

"예?"

적우강은 자신도 모르게 고개를 돌려 강 건너편을 바라봤다.

"어? 저 사람들, 또 왔네요?"

"그렇구나. 왜 이렇게 못살게 구는지 모르겠다."

"저 무섭게 생긴 할아버지는 왜 안 내려오는 거죠?"

"무섭게 생긴 할아버지?"

"저기요."

적우강이 가리키는 곳은 강 건너편 위쪽 언덕이었다.

그곳에 쌍극을 들고 선 노인이 정말로 있었다.

"허! 우강이 네가 나보다 낫구나."

"헤헤."

문일선의 말이 칭찬인 줄 알고 적우강은 신이 나서 웃었다.

무극신마와 기정 등이 또다시 한자리에 모여 있었다. 이번에는 피해가기 어려울 것 같았다. 이대로 피할 수도 있지만 옷에 든 것 때문에 건너가야 했다. 현천일검로는 점창파에 건네고 왔으나 그 원본이랄 수 있는 책자이기 때문이었다.

"우강아, 너는 예 있어라."

"같이 가요, 할아버지."

"곧 다시 건너오마. 참, 이번 기회에 호칭을 바꾸자."

"어떻게요?"

"할아버지 대신 사부님이라고 불러라."

"사부님이요?"

"그래."

"그건 할아버지보다 좋은 거예요?"

"허허허. 그럼!"

"음, 알았어요. 사부님, 빨리 오세요. 헤헤."

적우강은 선심을 쓴다는 듯이 배시시 웃으며 고개를 끄덕였다. 강호와는 무관한 마을에서 자란 적우강에게 그런 개념이 있을 리 없었다.

문일선이 좋아하니까 그냥 그런가 보다 하는 것이다.

"알았다, 우강아. 한 번 맺은 인연은 소중한 게다. 네가 나를 사부님이라고 부른 이상, 우리는 사제지간이 된 게야. 이제부터는 이 사부의 말을 잘 들어야 한다. 그래야 진정한 사제지간이 된단다."

"그건… 그렇게 부르라고 하셔서 그런 거잖아요."

"험. 이유야 어찌 됐든 사부가 그렇다고 하면 그런 거야. 나도 사부님을 만났을 때 그랬으니까 너도 그렇게 알아라."

문일선이 정색을 하고 말을 하자 적우강은 살짝 겁먹은 눈이 됐다.

"마, 말만 잘 들으면 되는 거예요?"

"그렇다고 그렇게 겁먹은 얼굴은 하지 말고. 절은 할 줄 아느냐?"

"예? 그럼요."

"그럼 아홉 번 절해라."

"지금이요?"

문일선이 고개를 끄덕였다.

적우강은 머쓱해하다 철퍼덕 바닥에 엎드렸다 눈치를 보며 일어났다.

"여덟 번 더."

문일선의 목소리가 엄숙했다.

구배지례(九拜之禮)를 마친 적우강이 일어섰다.

"됐다."

"그럼 할아… 사부님과 사제지간이 된 거예요?"

"허허허, 사제지간이 무슨 뜻인지 아는 게냐?"

"몰라요."

"허허허."

"알아야 해요?"

"흠, 나중에. 그리고 이 사부가 강 건너편에 가자마자 뭘 던져 줄 게야. 그걸 꼭 챙겨라."

"예."

활짝 웃는 적우강의 얼굴에 문일선은 수염을 비비고는 몸을 돌려 세웠다.

겨우 열 살이다.

강 건너편에 있는 사람들을 돕기도 해야 하고 책자도 가져와야 한다는 걸 구구절절 말하는 것이 이해하기 힘들 것 같았다.

강 건너편을 지켜보는 노인은 곤륜파의 장문인 영명 진인의 사제인 영허 진인이었다.

적우강이 구배지례를 올리는 모습을 봤다. 상식적으로는 당연히 데리고 도망쳐야 하지만 문일선은 오히려 강을 건너오고 있었다.

"지금 아이를 받아들일 정도로 여유가 있단 말인가? 대단한 사람이군."

영허 진인은 중얼거리며 강가로 좀 더 다가가려 했다.

그때였다.

"이봐, 도사 나부랭이."

"……!"

영허 진인을 비롯한 여덟 명의 신형이 굳어졌다.

대단한 고수였다. 아무도 기척을 느끼지 못했다.

"크흐흐, 저 꼬마에 대해 설명해 줘야겠다, 영허. 물론 다른 떨거지가 말해도 상관은 없다."

무극신마의 등장 자체만으로 기정과 살아남은 일곱 명의 안색은 사색이 됐다. 여기까지 쫓아올 줄은 꿈에도 생각지 못한 까닭이다.

'무극신마가 마음을 먹은 이상 싸움은 불가피… 저런 바보 같은!'

영허 진인은 강으로 시선을 돌렸다가 눈을 동그랗게 떴다. 무극신마를 발견하지 못했을 리 없는데 문일선은 오히려 더 빠르게 강을 건너오고 있었다.

"문 장문인께선 건너올 필요 없소! 저 꼬마에 대해서는 제가 오해한 것 같으니 데리고 자리를 피하십시오! 무극신마는 우리가 막겠습니다!"

기정이 내공을 실어 문일선에게 외치고는 무극신마를 향해 돌아섰다. 사숙인 영허 진인과 함께 있다는 사실 하나만으로도 충분히 고무될 수 있었다.

그러나 문일선의 동작은 멈추지 않았다.

급기야는 뭍 위로 올라오고 말았다.

"허허허, 이거 손님을 맞이할 상황이 여의치 않구려. 무극신마, 잠시 옷을 걸칠 시간은 주시겠소?"

문일선의 태연한 행동에 영허 진인은 할 말을 잃고 말았다.

"크하하하!"

무극신마는 화통하게 웃었다.

문일선의 행동은 그에게 즐거움을 주기에 충분했다.

"다 입었느냐?"

"그런 것 같소. 아, 잠시만."

문일선은 마지막으로 허리띠를 졸라매고는 찢어진 장포를 벗겨내 그 안에다 돌을 집어넣고는 적우강이 있는 곳을 향해 던졌다.

찢어진 도포가 강 건너에 도착한 것은 순식간이었다.

대단한 내공이 아닐 수 없었다.

"무슨 짓이냐?"

"허허허, 무슨 짓은. 그냥 제자에게 도움이 될 수 있는 글 몇 자 적어서 던진 거요."

문일선의 대수롭지 않은 말에 무극신마는 인상을 쓰며 강 건너편에서 도포가 떨어진 곳으로 쪼르르 달려가는 적우강을 쳐다봤다.

"문 장문인, 어째서 돌아오셨습니까?"

기정이 조심스럽게 물었다.

"허허허. 이제야 내가 점창파의 장문인이란 것을 인정하는 모양이구려. 그럼 답이 됐잖소. 점창파의 장문인은 이런 상황에서 그냥 갈 수 없다오. 더구나 제자가 보고 있잖소."

문일선이 적우강을 돌아보며 활짝 웃었다.

"조심하세요, 문 장문인님!"

쾅!

갑작스럽게 덤벼든 적청쌍마를 향해 기정 등이 방어를 했지만 오히려 튕겨 나가고 말았다. 하지만 제자를 추스르며 영허 진인이 앞으로 나섰다.

그 모습을 보고서야 문일선은 낮은 한숨과 함께 무극신마를 쳐다볼 수 있었다. 대단한 배짱이 아닐 수 없었다.

"내 앞에서 한눈을 팔다니. 기가 막히는구나."

"어차피 공격할 생각도 없었잖소. 무극신마, 아까는 제자 때문에 손을 쓰기가 힘들었지만 이젠 문제될 게 없을 것 같소."

문일선은 히죽 웃으며 검을 들어 무극신마에게 겨눴다.

이제부터 싸우겠다는 표시였다.

"그깟 검으로 뭘 할 수 있겠느냐?"

"검으로 할 수 있는 건 한 가지뿐이오. 검법을 펼치는 것. 허허허. 게다가 내겐 새로 창안한 검법이 있다오. 아마 보면 깜짝 놀랄 게요. 현천일검이라고 하는데, 사제들에게 마중천주를 상대할 검법이라고 큰소리쳐 놨다오. 허허허. 마중천주보다 당신이 더 약할 것 아니오. 먼저 오시겠소?"

"크하하하! 현천일검이라고 했느냐? 점창의 사일검법으로도 어쩌지 못한 나를 그깟 검법으로 상대하겠다는 거냐?"

"사일검법이니 그랬을 거요. 아무튼 오시오."

문일선의 태연한 목소리는 너무도 잘 들렸다.

적청쌍마를 상대하던 영허 진인이 근심 어린 표정으로 돌아봤다. 하지만 이미 영허 진인이나 문일선은 싸움을 시작한 상황이었다. 도와주는 것은 불가능했다.

츠르릇.

문일선은 내공을 일으켜 검을 감쌌다. 연한 하늘색으로 보이는 빛이 점점 길어졌다. 이내 푸른 빛으로 주위를 환하게 비추더니 검끝에 선명한 고리를 여러 개 만들어냈다.

"검환이로구나. 크크크. 다섯 개인가?"

쿠콰콰콰.

무극신마가 익힌 무공은 폭풍십삼살이었다.

마도백대살인무공 중 상위에 속한 어마어마한 파괴력을 지닌 무공이었다. 쌍극의 지배 영역은 무려 십여 장 가까이 퍼져 나갔다.

이대로는 문일선뿐만 아니라 다른 사람들도 폭풍극의 영향에서 벗어나지 못할 것 같았다.

'선수를 펼쳐야겠구나.'

문일선은 무극신마의 폭풍극이 더 이상 회전하지 못하도록 검환들을 분리시켜 튕겨냈다.

따따다당.

검환 다섯 개는 연속으로 같은 곳을 향해 쏘아져 갔고 무극신마의 폭풍극을 밀려나게 만들었다.

"이젠… 응?"

후— 앙—

무극신마의 눈으로 쏟아져 들어오는 빛.

검환을 다섯 개나 쏘아낸 문일선의 검에서 새롭게 빛이 형성되고 있었다. 이전과는 비교도 할 수 없이 강렬한 빛이었다.

"검강……."

무극신마의 입술을 비집고 한마디가 흘러나왔다.

그 나직한 한마디에 영허 진인과 적청쌍마 등이 싸움을 멈추고 급히 뒤로 물러섰다.

검강지기(劍罡之氣), 그것도 검환을 다섯 개나 한꺼번에 쏟아내고 나서 곧장 펼쳐지는 검강지기였다.

장내의 모든 사람들 눈이 경악으로 물들었다.

그러나 문일선의 검 못지않은 빛이 무극신마의 쌍극에서도 일어났다.

붉은 선홍빛.

무극신마 역시 쌍극을 통해 강기를 분출해 냈다.

"좋은 공부요."

문일선은 무극신마의 강기를 보면서도 전혀 긴장하지 않았다.

쿠엥—

두 사람의 기가 충돌을 일으키지도 않았는데 공간이 이지러지는 것처럼 굴곡이 생겼다.

영허 진인은 그 모습에 이를 악다물었다.

점창파의 공부는 이미 곤륜을 넘어서고 있었다.

"저런 공부를 지닌 자가 그토록 겸손하게… 우리는 그동안 너무나 거만해졌구나……."

영허 진인의 탄식을 들은 기정 역시 입을 다물지 못했다. 하지만 이대로 손을 놓고 있을 수는 없었다. 눈앞의 무리들을 최대한 빨리 처치하고 문일선을 도와야 한다는 생각이 든 까닭이다.

"사숙님, 우리는 우리의 싸움을 해야 합니다."

"맞다, 네 말이 맞다."

영허 진인은 기정과 함께 적청쌍마를 향해 손을 썼다.

그때, 영허 진인뿐만 아니라 장내의 모든 사람을 밀어내는 엄청난 힘이 있었다.

둥—

문일선의 검과 무극신마의 쌍극이 닿는 모습이 보였다. 무극신마의 얼굴이 보기 싫게 일그러져 있었다.

영허 진인은 밀려오는 후폭풍을 검으로 밀어내며 기대 어린 눈으로 문일선을 돌아봤다.

"헛!"

문일선을 본 영허 진인의 눈이 찢어질 듯 부릅떠졌다.

문일선의 옷자락이 부서지고 있었다. 마치 향이 자신의 몸을 사르고 재로 화하는 것처럼 그렇게 부서지고 있었다.

그리고 눈썹이, 머리카락이… 마지막으로 문일선의 웃음이 부서지고 말았다.

"안 돼!"

강 건너편에서 들려온 거대한 소리.

영허 진인은 목소리가 거대하게도 들릴 수 있다는 것을 그때 처음 알게 됐다.

문일선의 제자라던 열 살짜리 꼬마가 강을 달려오고 있었다. 아니, 강을 불과 서너 번의 도약으로 건너오고 있었다.

과웅—

사람들의 상체가 강 반대편으로 향했다.

그리고 이어지는 물결치는 소리.

촤아아악!

너무도 선명해서 듣지 않으려고 해도 귀를 파고드는 소리였다. 그것이 영허 진인이 세상에서 들은 마지막 소리였다.

벌써 날이 저물고 있었다.

"죽일 거야, 다 죽일 거야……."

적우강은 같은 말을 계속해서 중얼거렸다.

적우강의 뒤쪽에는 인간이라고 볼 수 없을 정도로 흉측하게 변한 문일선이 피를 토하며 쓰러져 있었다.

그 앞에는 무극신마가 황당한 눈으로 자신의 쌍극을 바라보고 있었다.

"이, 이런 빌어먹을…… 큭."

빨간 선이 그어진 복부에서 피가 새어 나왔다.

하체의 감각은 이미 사라졌다.

"어, 어떻게 네가… 천주님의… 수, 수라파천을……."

무극신마는 손으로 복부를 누르며 물었다.

문일선을 죽이기 일보 직전에 나타난 적우강이 사용한 것은 오직 붉은 안개였다. 적우강의 몸에서 빠져나온 붉은 안개는 사방을 돌아다녔고 누구를 막론하고 다 잘라 버렸다.

거대한 형상은 분명 관걸의 수라파천이 분명했다.

붉은 거인.

관걸이 수라파천을 펼치며 무림맹의 고수들을 휩쓸던 모습을 곁에서 지켜본 적이 있으니 틀림없었다.

그것을 저 꼬마가?

"끄륵……."

무극신마는 웃어야 할지, 울어야 할지 몰랐다.

마도 최고의 절기에 죽게 된 것은 크나큰 영광이었지만 관걸의 진전을 정도에 뺏길 수 없었다.

'설명을 해줘야 하는데… 소천주가 되실 분… 이렇게 보내면…….'

안간힘을 다해 적우강이 마중천의 후계자란 것을 알려주고 싶었다. 하나 이미 무극신마에겐 입술조차 뗄 기운이 없었다.

쿵.

무극신마가 죽은 것을 보고서야 적우강은 앞으로 고꾸라

졌다.

"끄으응… 펴, 평생… 처, 처음 받은… 제, 제자가… 과, 관걸의… 힘을… 참으로 알 수 없는… 인생…… 허허."

문일선은 기가 막힌 심정이었다.

무극신마의 손에서 구해준 사람이 다름 아닌 적우강이기 때문이다.

엄청난 마기를 악마처럼 뿜어내는 제자를 보며 아픔을 느낄 새도 없었다.

"윽……."

적우강에게 다가가려 움직이자 복부가 심하게 아파왔다. 무극신마의 쌍극에 찔린 상처였다. 내부로 침투한 마기는 현천진기로 막을 수 있으나 피가 멈춰지질 않았다.

지금으로서는 한 가지밖에 떠오르는 것이 없었다.

"이것도 하늘의 뜻인가?"

문일선은 복부에 손을 대고 안간힘을 써서 적우강에게 다가갔다.

적우강의 몸에서 스멀거리며 피어오르던 마기가 문일선을 노려보고 있는 것 같았다.

"허……."

마을을 침입한 구대문파의 고수들을 죽였다는 말이 사실이었다.

숨을 몰아쉬며 하늘을 올려다봤다.

삼십 년 동안 강호에 나올 생각이 없던 그를 이곳으로 부르고 적우강과 인연을 맺게 한 하늘이… 고마웠다.

　현천진기는 도가에서 유래된 심공이었다.

　내공만은 점창파 제일을 자부하는 문일선에게 선택의 여지는 없었다.

　문일선은 적우강의 찢어진 옷 사이로 삐죽이 나온 책자를 밀어 넣으며 가부좌를 튼 상태로 적우강의 명문혈에 손을 댔다.

　진기를 주입하는 내내 문일선의 표정은 웃고 있었다.

第三章
점창파

　점창파는 구대문파 중 한곳으로 불과 백 년 전만 해도 아미파(峨嵋派), 청성파(靑城派), 사천당가(四川唐家)와 어깨를 나란히 하는 명문대파였다.

　그런 곳이 강호명숙들의 발길은 고사하고 제자가 되겠다고 찾아오는 어린 소년들의 발길조차 해마다 줄어드는 곳으로 변했다.

　구대문파가 저마다 영웅을 배출하며 이름을 떨칠 때 무려 백 년 동안이나 점창파는 침묵하고 있었기 때문이다.

　그 침묵에는 이유가 있었다.

　당시의 장문인이었던 두정명이 조문탁이란 뛰어난 자질의

제자를 받아들이면서 욕심을 낸 까닭이다.

진정한 영웅은 개인의 이름을 떨치는 것이 아니라 자신이 속한 문파의 이름을 떨치는 것이다.

두정명은 그렇게 믿고 있었다.

그러나 죽기 직전에 두정명은 깨닫게 됐다. 무공만 뛰어나다고 영웅이 되는 것은 아니란 사실을.

조문탁은 무공을 익히는 데에는 뛰어날지 몰라도 사제들을 다룰 줄도, 문도들을 통솔할 줄도 몰랐다. 두정명한테 무공만 배웠지 다른 것은 전혀 배우지 않았기 때문이다.

점창파의 쇠락은 그때부터 가속화되었다.

조문탁 자신은 그냥 익히기만 하면 됐던 무공을 제자들이 어려워하자 꾸중하기에 바빴다. 결국 가르치길 포기하고 폐관에 들었다.

그런 사부의 모습을 보고 자라온 문일선으로서는 장문인이 되면 으레 그래야 한다고 믿었는지도 몰랐다.

문일선의 막내 사제인 서벽풍(西壁風)은 그렇게 믿었다. 그렇지 않았다면 현천일검을 남기고 떠났을 리가 없기 때문이다.

"후우, 벌써 오 년이 지났구나. 대사형, 무사하신 겁니까? 현천일검을 이 막내 사제가 얼마나 익혔는지 보러 오셔야 할 것 아닙니까."

서벽풍의 목소리가 애잔해졌다.

지금이라도 당장 문일선을 찾아 밖으로 나가고 싶었다. 오십을 훌쩍 넘긴 나이에 여전히 으르렁거리는 사형들 사이에 있는 것이 부쩍 힘들어지는 요즘이었다.

　삼십 년 폐관 수련이란 전무후무한 기행이 끝나자마자 검한 자루 들고 나가 오 년 동안 소식 한 자 없는 대사형. 생각할수록 보고 싶었다.

　향을 올리고 방을 나왔다.

　"서 장로님, 연무장으로 가보시지요."

　제자 한 명이 달려와 알렸다.

　못 볼 것을 본 사람처럼 눈이 동그래져 있었다.

　서벽풍이 연무장으로 달려가자 장로들을 비롯해 거의 모든 제자들이 모여 있었다. 제자들을 밀치고 앞으로 나가자 한 소년이 눈에 들어왔다.

　"헛!"

　서벽풍은 자신도 모르게 헛바람을 삼켰다.

　소년이 입고 있는 헐렁해 보이는 옷이 낯익었다. 오 년 동안 소식 한 자 없던 장문인 문일선의 옷처럼 보인 까닭이다.

　"강 장로님, 이 소년은……."

　"직접 들어보게."

　부리부리한 눈에 광대뼈가 툭 튀어나온 고집 센 얼굴의 수석장로 강효가 기가 막힌 듯이 대답했다.

"아이야, 어떻게 점창파에 온 게냐? 그리고 그 옷은 네 옷이냐?"

소년은 대답없이 서벽풍을 빤히 쳐다봤다.

동그란 눈을 깜빡이는 모습이 무척 귀여워 보였다.

"어허, 답답하구나. 그 옷⋯⋯."

"사부님이요."

"뭐라고?"

"사부님이 주셨다고요."

소년의 말에 연무장이 갑자기 조용해졌다.

"사, 사부님?"

서벽풍이 소년에게 바싹 다가가 다시 한 번 물었다.

"점창파 장문인이라고 하셨는데⋯⋯."

"⋯⋯!"

서벽풍의 눈이 더 이상 커질 수 없을 정도로 떠졌다.

소년은 지금 문일선이 자신의 사부라고 말하고 있다. 이 기가 막힌 상황을 어떻게 받아들여야 한단 말인가? 고개를 들어 장로들을 돌아봤다.

장로들은 이미 겪은 일이라 서벽풍보다는 태연했다.

"어, 어디 계시느냐?"

서벽풍이 소년의 어깨를 꽉 쥐며 재차 다그쳤다.

"장문인께선 어디 계시느냔 말이다!"

소년은 서벽풍의 손아귀 힘을 감당하지 못하고 인상을 썼다.

"아, 아파요. 사부님은 돌아가셨어요."

"뭐? 어, 언제?"

서벽풍이 소년의 어깨에서 손을 떼며 망연자실한 표정을 지었다.

"오 년 전에요."

"오, 오 년 전이면 장문인께서 나가셨던 때인데……. 하면 왜 이제야 찾아온 것이냐?"

이대로는 서벽풍의 질문이 언제 끝날지 모르겠는지 소년은 대답 대신 산발된 머리를 쓸어 넘기며 숨을 돌렸다.

"제 이름은 적우강입니다. 혹시 서벽풍 사숙님이세요? 아까 들으니까 서 장로님이라고 하는 것 같던데……."

"마, 맞다. 내가 서벽풍이다."

서벽풍은 적우강의 입에서 자신의 이름이 나오자 심장이 철렁 내려앉았다.

"사부님께서 맡기신 물건의 주인은 서벽풍 사숙님이세요. 그렇게 전해주라고 하셨어요."

"마, 맡긴 물건… 아아……!"

서벽풍의 눈가가 젖어들었다.

적우강과 서벽풍의 대화가 묘하게 흘러가자 이상함을 느낀 강효가 앞으로 나섰다.

"서 장로, 저 아이가 하는 말을 알아듣고 있는 건가? 설명 좀 해주게."

"설명이랄 것도 없습니다. 장문영부인 사일신검을 제가 갖고 있다는 얘기이니까."

"뭐, 뭐라? 그걸 왜 이제야 말해!"

강효의 안색이 파래지면서 당장이라도 서벽풍을 향해 손을 쓸 것처럼 소릴 질렀다.

"장문인께서 함구하라 명하셨습니다."

"진즉 말했어야지! 그랬으면 점창파가 이 모양 이 꼴이 되지는 않았을 것 아니냐!"

"왜 제게 화를 내십니까?"

"그럼 이 상황에서 누구에게 화를 낸단 말이냐? 네가 조금만 융통성있게 행동했어도 상황이 이 지경에 이르렀을까! 하는 짓하곤. 삼십 년, 아니, 삼십오 년이다! 그 세월 동안 갇혀 있었으면서도 그런 말이 나와?"

"장문인의 명이었다고 했잖습니까?"

"문파를 돌보지 못하는 장문인이라면 진즉 그만뒀어야지."

"대사형께서 하신다고 했습니까? 강 사형과 동 사형이 싸워서 그런 거잖습니까! 종 사형과 척 사형이 싸워서 그런 거잖습니까!"

서벽풍이 지지 않고 강효에게 소리쳤다.

강효의 눈이 납작해졌다.

이때, 지켜보다 못한 삼장로 종철이 나섰다.

"강 장로님, 제자들이 보고 있습니다. 그만두시지요. 서 장로, 본이 되어야 할 사람이 그 무슨 행동인가. 그만두게."

문일선이 죽었다는 것이 밝혀진 이상 장로 누구라도 장문인이 될 수 있었다. 장문영부를 지닌 서벽풍이 가장 유리했다. 그걸 알고 있는 종철로서는 당연히 강효의 편을 드는 쪽을 선택했다.

"네가 장문영부를 지니고 있다고 벌써부터 장문인이라도 된 것처럼 아주 기고만장이구나."

강효가 서벽풍을 노려보며 비웃었다.

"그런 적 없습니다."

"하나 이것 하나는 알고 있어라. 아무리 장문영부를 갖고 있다 해도 장로들의 인정을 받지 못하면 장문인이 될 수 없다는 것을."

강효는 할 말을 끝냈다는 듯이 돌아섰다.

그의 뒤를 장로들이 일제히 뒤따랐다.

"이젠 좀 지칠 때도 되지 않았나?"

서벽풍이 보기에 지금의 상황이 기가 막힐 노릇이었다.

문일선의 제자라고 밝힌 소년이 보는 앞에서 말싸움이나 하고. 체신이 서질 않았다.

"네게 못난 모습을 보였구나."

서벽풍은 쓸쓸하게 말하며 적우강을 돌아봤다.

조금 전 장로들의 모습을 보고 크게 실망했을 거라 여긴 까닭이다.

그러나 적우강은 서벽풍의 말을 듣기나 했는지 엉뚱한 곳을 둘러보고 있었다.

"우강아?"

"예?"

"괜찮니?"

"그럼요. 서 장로님, 앞으로 제가 머물 곳은 어디예요? 저 애들하고 같이 지내나요?"

적우강의 목소리는 들떠 있었다.

그 모습이 서벽풍을 고민스럽게 만들었다.

보기엔 멀쩡해 보이는데 일반 아이들과는 좀 다르다고나 할까?

"험. 일단 장로님들과 상의를 해야 하지만 와룡각에 임시 거처를 마련해 놓도록 하마."

서벽풍은 제자 한 명을 불러 적우강에게 와룡각으로 안내해 주라고 하고는 대전으로 향했다.

"나중에 뵙겠습니다, 사숙님."

적우강은 서벽풍을 향해 넙죽 절을 올렸다.

대전으로 향하려던 서벽풍의 입가에 웃음이 감돌았다. 한 번도 이런 식의 인사를 건네는 제자를 본 적이 없는 까닭이다.

묘한 아이였다.

서벽풍이 대전 안으로 들어가자 강효 등이 먼저 와 자리하고 있었다.

"어쩔 생각이냐?"

강효는 서벽풍이 자리에 앉기도 전에 물었다.

"뭘 말입니까?"

장문영부에 대해 묻는 것을 알면서도 서벽풍은 모른 척 되물었다.

"네가 갖고 있어봐야 소용없는 물건이다."

"사형이 갖고 있으면 뭐가 달라집니까?"

"많은 것이 달라지지. 점창파의 이름을 세상에 알려 과거의 영광을 되찾을 수 있게 하겠다. 사일검법이라면 그렇게 할 수 있다."

"백 년 내 그 누구도 대성하지 못한 사일검법을 사형께선 대성하신 겁니까?"

"지금으로도 충분하다."

"그래서 장문인께서 사형한테 장문영부를 맡기지 않으신 겁니다. 검환을 구사하는 고수는 세상에 많습니다. 그 정도로는 안 됩니다."

"네, 네가 감히!"

강효는 더 이상 참지 못하고 탁자를 두드렸다.

그러나 서벽풍은 전혀 겁먹지 않았다.

예전이라면 막내 사제라는 이유로 수긍했겠지만 지금은 장문영부를 지니고 있는 장문대행의 신분이었다. 바로잡아야 했다.

　"장문인께서 돌아가셨습니다. 시신을 수습할 생각부터 해야 하지 않습니까? 벌써부터 강호 활동 운운하는 것은 아닌 것 같습니다. 지금까지와 마찬가지로 강호 출입 역시 금하겠습니다."

　"누구 마음대로!"

　"장문대행의 결정입니다."

　"……!"

　강효를 비롯한 일곱 장로가 서벽풍을 일제히 노려봤다. 하지만 사일신검을 지니고 있는 장문대행에게 그 이상의 행동을 할 수는 없었다.

　"그리고 전대 장문인께서 창안하신 현천일검을 전 제자에게 가르치도록 하겠습니다."

　"말도 안 되는 소리! 몇 번을 말해! 현천일검은 머릿속에서나 익힐 수 있는 검법이야!"

　강효가 더 이상 참지 못하겠다는 듯이 소리쳤다.

　문일선의 능력을 아는 장로들이 현천일검을 익히려 하지 않았을 리 없다. 익혔다. 하지만 이미 사일검법에 의해 고정된 그들의 상식으로는 현천일검로의 개념을 처음부터 다시 접하기란 힘들었다.

"사일검법을 가르친 결과가 어떻습니까? 그동안 검기를 일으킨 제자는 몇이고 검풍을 일으킨 제자는 몇입니까? 오 년 동안 겨우 셋입니다. 그나마도 사형들이 직접 가르친 제자들 뿐입니다."

"그 이유야 서 장로도 알잖은가! 현천일검로의 수련 방법대로 가르치기만 하면 제자들이 나가는데, 뭘 어떻게 할 수 있느냐 이 말이야."

"말씀 잘하셨습니다. 왜 제자들이 나갔을까요? 사형들이 어떻게 가르쳐야 하는지 모르셨기 때문이 아닙니까? 모르는 현천일검로의 수련 방법을 가르치고 그 평계를 왜 현천일검로의 수련 방법에 대십니까!"

서벽풍의 지적에 장로들은 함구했다.

모두 사실이기에 할 말이 없는 것이다.

"서 장로의 말이 맞네. 하나 완전히 다 맞다고만 할 수도 없지."

이번엔 퉁퉁한 몸집의 동태문이 나섰다.

강효의 몰아세우기 식의 방법이 서벽풍에게 안 통하자 나선 것이다.

"문주님이 안 계신 동안 우리라고 가만히 있었을까. 현천일검로를 익히려면 어떻게 해야 하는지 살펴봤네. 한데 엄청난 결과가 나왔지. 궁금하지 않은가?"

"궁금합니다. 저는 그때 빠져 있었으니까요."

서벽풍의 표정은 흔들리지 않았다.

동태문이 무슨 말을 하든 믿을 수 없기 때문이다.

"현천일검로는 기존 제자들이 익히기엔 부적합할 뿐 아니라 처음부터 익히는 것도 불가능하네."

"말이 안 됩니다."

문일선이 현천일검로를 전한 지 오 년이 지났다. 이제 와서 저런 말을 한다고 믿어줄 서벽풍이 아니었다.

"후후후, 과연 그럴까? 기존 제자들이 익히지 못하는 것이야 봐서 알 테니 그만두고, 그보다 더 큰 문제를 들도록 해보지. 입문 제자들을 가르칠 사람이 있던가? 기존 제자들은 현천일검을 못 익힌다는 것을 알잖은가? 없네. 입문 제자들을 가르칠 사람이 없으니 입문 제자들이 못 배우지."

"……!"

동태문의 지적은 일리가 있었다.

서벽풍은 그제야 한발 물러설 수 있었다. 그러고 보니 지금까지 장로들과 현천일검로에 관해서 대화를 나눈 기억이 없었다.

"진즉 말씀을 하지 그랬습니까?"

"누구한테? 문주님이 계셨던가?"

비비 꼬는 말투의 강효가 서벽풍을 보며 웃었다.

잘못을 발견했으면서 고칠 생각은 않고 오히려 쉬쉬한 것이 잘한 일이라는 듯한 표정이었다.

"그렇죠. 안 계셨죠. 그럼 이제라도 바꿔야겠네요. 아이들을 가르칠 사람이 없다고 하셨습니까? 제가 가르치겠습니다. 사형들처럼 몇몇이 아니라 전 제자들에게 가르치겠습니다."

"뭐? 그 말은……."

"맞습니다. 저는 현천일검로를 익혔습니다. 덕분에 큰 깨달음을 얻었습니다. 그것을 전해주고 싶습니다."

서벽풍의 말에 강효 등은 아연실색했다.

현천일검을 익혔다?

익힐 수 있는 검법이었던가?

그들은 의문을 담은 시선을 교환했다.

"서 장로님께서 장문대행이 되셨다고요?"

수련에 열중하던 소년이 목검을 거두며 돌아섰다.

말끔한 피부에 선명한 이목구비를 지닌 미소년의 전형적인 모습을 하고 있었다.

총 오십 명도 안 되는 점창파의 제자들이었으나 그 안에서도 부류는 나뉘어져 있었다.

장로들한테 직접 사사를 받는, 소위 산다는 집의 자식들과 정해진 과정에 따라 알아서 무공을 익혀야 하는 제자들.

인상을 쓰는 소년의 이름은 곽일비였다.

사천성에서 열 손가락 안에 드는 갑부인 곽가전장의 자식으로 강효에게 직접 사사를 받고 있었다.

"그것뿐이 아니라 현천일검로를 직접 가르치겠다고 하셨대. 다른 장로님들이 반대를 하시는데 까딱도 안 한대. 뭔가 있을 줄 알았어. 안 그러고서야 그렇게 딱딱하게 굴 리가 없지, 안 그래?"

입가 옆에 손톱만 한 점이 박힌 자는 추정이란 자로 스물세 살임에도 곽일비의 오른팔 역할을 담당하고 있었다.

"현천일검로를 가르치시겠다고요?"

"돌아가신 문주님의 제자 때문일 거야. 생각해 봐. 그 녀석이 나타나자마자 갑자기 장문대행이니 현천일검로니 일이 생긴 거잖아."

"문주님의 제자요?"

"있어. 꼬질꼬질한 녀석 하나가 지가 문주님의 제자라며 찾아왔었잖아, 몰랐어?"

"다른 걸 좀 하느라고요."

곽일비는 인상을 찌푸리며 목검을 바닥에 내려놓았다. 현천일검로는 강효의 말에 따르면 신세 망치기 좋은 무공이었다.

그런 무공을 서벽풍이 직접 가르친다?

곽일비의 눈이 십오 세 소년답지 않게 가라앉았다.

'제길, 형만 아니었으면 점창파 따위는 들어오지 않았을 텐데.'

"일비야, 우리 그것들이나 놀려먹자."

그제야 곽일비의 인상이 풀어졌다.

적우강은 신이 나서 와룡각을 돌아다녔다.

이런 일이 기다리고 있을 줄 알았으면 좀 더 서둘러 올 걸 그랬다.

오 년 동안 적우강은 청해를 벗어나지 못했다.

몸을 치료해야 했기 때문이다.

"몸이 아플 때마다 현천심결을 운용해라. 그것만이 네가 살길이다. 명심해라……."

문일선은 알 수 없는 말을 하고서 눈을 감으려 했다.

덜컥 겁이 난 적우강은 문일선을 잡고 흔들었고, 기력이 다해가던 문일선은 한마디를 더했다.

"현천심결을 운용해도 몸이 아프지 않을 때가 되면 점창파로 가서 서벽풍을 찾아라. 그가 잘 돌봐줄 것이다."

고통은 문일선이 죽고 나서 며칠 후에 찾아왔다.

배고픔을 달래기 위해 토끼를 잡으려고 했다가 몸속이 터져 나갈 듯한 고통으로 하루 종일 몸부림친 적이 있었다.

그날 이후 몇 번 더 고기를 잡으려 했으나 그럴 때마다 적우강은 죽을 것 같은 고통에 시달렸다. 그 뒤로 적우강은 모든 배고픔을 풀과 야채로 해결했다.

살기를 일으키면 안 된다는 것을 깨달은 것이다.

그렇게 오 년을 혼자서 보냈다.

겁이 나서 다른 곳으로는 가지도 못했다.

오직 동굴과 근처 숲만을 오갔다.

그런 적우강에게 또래들 천지인 이곳은 천국이나 마찬가지였다.

그러나 그 기분은 반 시진도 유지되지 않았다.

힐끔힐끔 쳐다보는 아이들의 시선은 적우강을 은근히 기분 나쁘게 만들었다.

아무도 말을 걸어주지 않아 와룡각을 구경하기로 하고 밖으로 나왔다.

"어이, 궁상들!"

막 와룡각 문을 나섰을 때 누군가를 부르는 건방진 목소리가 들렸다.

적우강은 호기심에 목소리가 들린 곳으로 걸어갔다.

와룡각 건물을 끼고 도는 담 쪽이었다.

조심스럽게 다가가 고개를 내밀자 담 안쪽에 십여 명이 네 명을 빙 둘러싸고 있었다.

"그만 해라."

네 명 중 유난히 키가 작은 청년이 화를 냈다.

'왜 저러지?'

적우강의 의문은 곧 풀렸다.

"구자귀, 그 키로 무슨 검을 익혀. 그냥 나가서 점소이나 해먹는 게 빠르지 않겠어?"

"에이, 그래도 여불범보다는 낫잖아. 검을 쓰려고 해도 손가락이 있어야 잡지. 킥킥킥."

"괜찮아. 한쪽 눈으로 싸우는 녀석도 있는데 뭐."

"이봐, 다들 왜 간신배 가대건을 빼놓는 거야, 섭섭하게?"

놀림을 받는 네 명은 키가 작고, 손가락이 없고, 얼굴에 화상을 입고, 비쩍 말랐다.

적우강이 네 사람을 살피고 있을 때였다.

쿵쿵쿵.

"이, 이놈들! 구, 구 사형, 괴, 괴롭… 히, 히지 말라고 했지!"

적우강은 뒤를 돌아보다가 깜짝 놀라 벽에 기대섰다.

지축을 울리며 달려오는 거대한 덩치가 있었다.

키는 적우강보다 머리 하나는 더 컸고 몸집은 웬만한 장사들 저리 가라였다.

"말더듬이 홍만이 왔다. 모두 피해. 하하하하!"

십여 명은 일제히 웃으며 뿔뿔이 흩어졌다.

다섯 명은 도망치는 녀석들을 잡으려 하지 않았다.

"괜찮으세요?"

적우강은 도망치는 와룡각의 제자들을 가리키며 다가갔다.

"넌 또 누구야?"

얼굴 반쪽을 머리카락으로 가린 청년이 까칠한 목소리로 물었다.

반쪽뿐이지만 선이 굵은 눈썹에 갸름한 얼굴을 한 잘생긴 청년이었다.

"오늘 입문한 적우강이라고 합니다. 앞으로 잘 부탁드립니다."

"쳇. 방향이 잘못됐어. 잘 부탁할 사람은 우리가 아니라 도망치는 저 녀석들이야."

적우강도 그리 큰 편은 아닌데 귀찮다는 듯이 대답해 주는 구자귀는 적우강보다도 작았다.

"도망치는 사람에게 무슨. 헤헤."

적우강은 구자귀의 반응이 별로 기분 나쁘지 않았다.

그 모습이 좋게 받아들여진 모양이다.

"이거, 웃기는 녀석이 들어왔네? 난 구자귀다."

"앞으로 잘 부탁해요."

적우강은 뭐가 그리 신나는지 계속해서 웃기만 했다.

구자귀 등에게서 익숙한 냄새를 맡아서일까?

청해에서 고아로 자란 적우강만이 느낄 수 있는 묘한 분위기가 구자귀 등에게서도 풍겨졌다.

"가만, 너 혹시 문주님의 제자라던 그 녀석 아니야?"

간신배라고 놀림을 당했던 가대건이 손뼉을 치며 물었다.

"예, 맞아요."

"그래? 근데 왜 우릴 아는 척하는 거냐?"

"예?"

"왜 우리 같은 사람들을 아는 척하는 거냐고. 이상한 녀석이네? 너도 봤잖아. 저 녀석들이 우릴 못 잡아먹어서 안달인거."

"그래도 혼자보단 좋잖아요. 헤헤."

"……."

가대건은 머리를 긁적이며 웃는 적우강을 신기한 눈으로 바라봤다.

'이 녀석, 뭐지? 문주님의 제자였다면 곽일비와 어울려야 하는 거 아냐?'

가대건의 그것이 옳았다.

그러나 적우강을 모르기에 할 수 있는 생각이었다.

열다섯 살밖에 안 됐지만 대부분의 시간을 혼자서 지낸 적우강이었다. 가대건 등이 이상하게 바라보는 시선조차 기분 좋았다.

"헤헤."

지붕 위.

적우강 등을 바라보는 시선이 있었다.

"이제 본격적으로 놀이가 시작되려고 하는데 저 꼬마새끼가 방해하네."

추정이 입맛을 다시며 곽일비의 눈치를 봤다.

"저 녀석인가요?"

"그런가 봐."

"순진하게 보이네요. 한번 밟아줘요. 문주가 아니라 그 누구의 제자라도 내 앞에서 기도록. 알았어요?"

"알지. 걱정 마."

추정은 입가의 점을 씰룩이며 웃었다.

다음날.

아침부터 서벽풍의 명령으로 와룡각의 제자 전원이 연무장에 모였다.

전 제자가 모였는데도 연무장은 휑했다.

그런 것엔 신경 쓰지도 않고 서벽풍이 비장한 표정으로 입을 열었다.

"문주님께서 돌아가셨다."

서벽풍의 말이 끝났는데도 제자들은 눈치만 볼 뿐 큰 동요는 보이지 않았다. 본 적도 없는 문주님을 위해 슬퍼해 줄 감정이 일지 않는 까닭이다.

"다음으로는……."

서벽풍은 그럴 수 있다고 스스로를 독려하며 다음 내용으로 넘어갔다.

지켜보던 장로들의 표정이 좋지 않았다.

서벽풍의 입에서 나올 말을 아는 까닭이다.

"오늘부로 내가 새로운 장문인이 나오기 전까지 장문대행을 맡게 됐다는 것을 알린다."

서벽풍의 말이 끝나기가 무섭게 제자들이 웅성거렸다.

누구도 예상치 못한 발표였기 때문이다.

특히 곽일비를 비롯한 장로들의 제자들은 경악에 가까운 표정을 짓고 있었다.

"이게 어찌 된 일이지? 장문인이 돌아가셨으면 다음 장문인은 강 장로님이 되셔야 하는 것 아닌가?"

곽일비와 어울려 다니는 청년 중 한 명이 말하자 함께 있던 자들이 일제히 거들었다.

"칫, 밀렸군."

곽일비는 강효를 슬쩍 돌아보며 인상을 썼다.

겨우 사제 따위에게 밀리다니 제자 보기 창피하지도 않다는 말인가?

어제에 이어 이틀 연속 기분이 나빠졌다.

"장로들께서는 저와 잠시 얘길 나누시지요."

서벽풍이 강효 등에게 대전으로 올 것을 암시하며 먼저 움직였다.

서벽풍은 장로들이 대전 안으로 들어오길 기다렸다가 입을 열었다.

"장문대행으로서 첫 번째 명령을 내리겠습니다. 오늘부터 전 제자에게 현천일검을 익히게 하십시오."

부탁이 아닌 명령이었다.

서벽풍의 갑작스런 말투에 강효 등은 황당한 표정을 지었다.

"서 장로, 그게 무슨 말인가?"

"장문대행!"

서벽풍이 강효의 말을 끊으며 소리쳤다.

"자, 장문대행, 그게 무슨 말인가?"

"제가 한 말을 못 들으셨습니까?"

"그게 아니라 전 제자에게 현천일검을 가르치겠다는 것이 현실적으로 말이 되질 않기에 하는 소리 아닌가?"

"왜 말이 되질 않습니까?"

"그럼 이제까지 가르쳤던 사일검법은 어떻게 하라고? 사일검법을 배우려고 온 제자들은 또 어떻게 하고?"

"사일검법을 배운 사람이라고 해서 현천일검을 배우지 못하는 것은 아닙니다."

"우리가 잘못 가르쳤다고 말하라는 건가? 제자들이 잘도 이해하겠군. 다른 장로들은 몰라도 나는 그리 못하겠네. 현천일검을 익힌 적도 없을뿐더러 가르쳐야 할 필요를 느끼지 못하니까."

강효가 단호하게 거절했다.

서벽풍은 다른 장로들을 돌아봤다.

다들 강효와 같은 뜻이라는 눈빛들이었다.

"후후후, 제 말을 잘못 알아들으셨군요."

"……?"

"제 말은 의견을 나누자는 것이 아니라 그렇게 하라는 것입니다. 제가 말한 대로."

서벽풍은 말을 끝내며 무섭게 기세를 피워 올렸다.

그 모습에 강효조차 움찔거릴 수밖에 없었다.

"현천일검을 가르치고 싶은가, 장문대행? 그럼 그렇게 하시오. 우리는 우리대로 지금까지와 마찬가지로 사일검법을 가르칠 테니까."

강효는 물러서지 않았다. 물러서는 순간 나락으로 떨어질 것이 뻔한 길을 갈 이유가 없기 때문이다.

적우강은 웅성거리는 와룡각 제자들을 신기한 듯이 바라봤다. 잘생긴 소년을 둘러싸고 이게 낫다, 저게 낫다, 진짜 말들이 많았다.

대부분은 현천일검에 대한 얘기들이었다.

"전통으로 보나 명성으로 보나 사일검법이 현천일검보다 낫지. 안 그래, 다들? 왜 이제 와서 아무도 안 배운 현천일검을 고집하시는 거야, 도대체! 짜증!"

추정은 와룡각 제자들이 모두 들을 수 있도록 큰소리쳤다.

"우강, 뭐 해?"

얘기에 집중하고 있는 적우강의 머리를 툭 건드리는 손이 있었다. 구자귀와 홍만이었다.

"얘기 듣고 있어요."

"추정 얘긴 들을 것 없어."

"왜요?"

"하고 싶은 게 없는 녀석이거든. 그러니 저 나이에 곽일비에게 굽실거리지."

"곽일비요?"

"있어. 와룡각이 제 것이라고 생각하는 미친놈. 저기 있네. 잘생긴 놈 보이지? 그놈이야."

"그렇구나. 구 사형은 어떻게 할 생각이신데요?"

"나, 나야 뭐……."

"구 사형은 현천일검 배우기 싫으세요?"

"그런 건 아닌데……."

구자귀는 은근슬쩍 대답을 회피했다.

배우고 싶었다. 하지만 괜히 배우겠다고 했다가 서벽풍이 내치기라도 하면 더 이상 점창파에 있을 수 없을 것 같았다.

구자귀는 열한 살 때인가, 부모님 손에 이끌려 점창파에 온 지 십 년이 지났다. 그동안 익힌 무공이라고는 실전 한 번 못해본 사일검법이 전부였다.

"현천일검은 무슨, 사일검법의 기초도 제대로 배우지 못했는데."

"어? 그럼 어떡하지?"

적우강이 난처한 표정으로 되물었다.

"왜?"

"나는 현천일검을 배워야 하거든요. 사부님께서 서 장로님께 배우면 될 거라고 하셨어요. 한데 구 사형이 안 배우면 저는 누구랑 배우죠?"

"그, 그걸 왜 내게 물어?"

구자귀는 적우강의 말에 뜨악해서 쳐다봤다.

"구, 구 사형, 나, 나도… 혀, 현천… 이, 일검 배, 배우고… 싶다. 배, 배우자."

홍만이 말을 더듬으며 구자귀의 손을 잡아끌었다. 별로 힘을 준 것 같지도 않은데 구자귀는 그대로 나뒹굴었다.

"그래요, 같이 배워요. 혼자 배우면 심심하잖아요."

살가운 얼굴로 구자귀를 일으켜 주는 적우강의 얼굴에는 일말의 주저함도 없었다.

손을 건네는 것은 대단한 용기를 필요로 한다. 죽을 사람을 구해주는 것도, 산 사람을 죽일 때도 손을 건네는 것부터 시작되기 때문이다.

구자귀는 자신이 잡은 적우강의 손이 무슨 일을 할 수 있을지 이때는 전혀 짐작도 하지 못했다.

"예? 우, 우리들도 현천일검을 배울 수 있다고요?"

구자귀는 믿기지 않는 표정으로 서벽풍을 쳐다봤다.

사실 적우강이 잡아끌어서 온 것처럼 했지만 속마음으로는 현천일검을 배우고 싶은 마음이 굴뚝같았다.

거절당하면 어쩌나, 강효나 다른 장로들처럼 무시하면 어쩌나 조바심을 내며 왔다가 서벽풍의 허락을 받은 것이다.

"저, 저는 구자귀입니다."

구자귀가 새삼스럽게 자신을 소개하자 함께 온 홍만, 주정민, 여불범, 가대건이 차례로 자신들의 이름을 말했다.

"자, 그럼 현천일검을 수련할 사람은 우강이까지 모두 여섯이구나. 자, 가자."

서벽풍은 웃으며 여섯 명을 데리고 밖으로 나섰다.

"구자귀 어디 갔어?"

추정은 아무리 찾아도 구자귀가 안 보이자 와룡각으로 들어오며 물었다.

"지원했다는데요?"

패거리 중 한 명이 대답했다.

"지원? 뭘? 호, 혹시 현천일검?"

"예."

"이놈들 봐라? 가만, 그럼 앞으로 놀릴 녀석들이 사라진 거야?"

추정이 주먹을 흔들며 안타까워했다.

"사라지긴요. 밤이면 돌아올 녀석들인데요."

한쪽에 앉아 있던 곽일비가 툭 한마디 던졌다.

"오, 그렇지!"

"준비해요. 나도 나설 테니까."

"네가?"

추정은 곽일비가 직접 나선다고 하자 득의한 표정으로 부하처럼 거느리는 녀석들의 어깨에 손을 올렸다.

第四章
청명각

天寬
천마검선
劍仙

며칠이 지났다.

서벽풍은 제자들 수가 줄어들면서 사용하지 않는 건물을
비운 후 그곳에 편액을 달았다.

청명각(淸明閣).

강렬한 힘이 담긴 글씨였다.

"오늘부로 너희들은 청명각의 제자들이다. 앞으로 현천일
검을 열심히 수련해서 좋은 성과를 올리길 기대하마. 구자귀
가 대사형이니 잘 따르고."

서벽풍은 여섯 명을 향해 편안한 웃음을 지어주고는 대전으로 발길을 돌렸다.

"큼큼큼, 이곳이 우리의 새로운 보금자리라 이거지?"

구자귀는 청명각 편액을 보며 간지러움을 못 참겠다는 듯이 웃었다. 영광스럽게도 서벽풍이 직접 대사형이란 말을 해준 것이다.

"히히히, 그럼 이제 와룡각 놈들이라고 해야 하는 건가? 아무튼 그놈들하고 엮일 일은 없겠네. 그죠, 구 사형?"

어느새 가대건이 다가와 구자귀와 나란히 서며 말을 건넸다. 지금까지 한 번도 나서지 않던 녀석이 여섯 명만 남자 제세상 만난 것처럼 으스댔다.

"너, 너는… 끄, 끝으로……."

홍만이 가대건의 머리를 한 손으로 쥐고는 끝으로 던졌다. 바짝 마른 몸의 가대건은 갈대처럼 상체가 먼저 가고 하체가 뒤를 따랐다.

"왜, 왜 그래요, 홍 사형!"

"대, 대사형… 마, 말하는데 너, 넌 찌, 찌그러져."

홍만이 구자귀를 번쩍 들어 올리며 히죽 웃었다.

모든 게 커다란 홍만의 웃음은 상황과 썩 어울리진 않았다.

"쳇, 언제부터 그랬다고. 주정민, 여불범, 너희들은 뭐가 좋아서 웃어!"

가대건이 동갑내기인 주정민과 여불범까지 웃자 버럭 소

리를 질렀다.

"가대건, 그래도 사제가 있잖아. 힘내. 자, 다들 잘 지내보자."

구자귀가 지나가며 적우강의 배를 툭 쳤다.

그러자 적우강 역시 구자귀의 배를 툭 쳤다.

"어?"

"왜요? 이렇게 하는 거 아니었어요?"

"……"

구자귀는 당황한 얼굴로 적우강을 쳐다봤다.

"풉!"

가대건이 갑자기 구자귀를 향해 폭소를 터뜨렸다.

"그만 웃어라, 가대건."

"웃기잖아요. 지 배 때렸다고 같이 때리는 게 뭐냐고요. 풉 풉풉."

"가대건!"

"아, 알았다고요. 씨, 내가 배 때렸나? 안 그러냐, 주정민? 안 그래, 여불범?"

입이 툭 튀어나온 가대건이 주정민과 여불범을 보며 동조를 구했으나 두 사람은 고개를 돌려 버렸다.

서벽풍은 돌아가지 않고 청명각 사형제들을 지켜보고 있었다. 특히 적우강을 지켜봤다.

'처음 봤을 때는 사람들과 잘 어울리지 못할 것 같더니 제법인데? 그나저나 아직 물어보지도 못했구나.'

문일선이 죽고 나서 그동안 어떻게 지내왔으며 왜 무공은 익히지 않았는지 궁금했다.

적우강에 대해서 궁금한 것이 많았으나 물어보기엔 상황이 여의치 않았다.

'아직 시간은 많으니까.'

서벽풍의 입가에 웃음이 피어났다.

일단은 저 정도면 안심해도 될 것 같았다.

밤이 됐다.

청명각 여섯 사형제의 첫날밤이 지나가고 있었다.

번쩍.

곤히 자고 있던 적우강의 눈이 떠지며 입구를 쳐다봤다. 소리는 들리지 않지만 누군가가 오고 있는 느낌이 든 탓이다.

조용히 몸을 일으켜 밖으로 나갔다.

"제법 귀가 밝은 놈이구나."

문을 열고 밖으로 나오자마자 추정이 빈정거리며 다가왔다. 그의 손에는 목검이 들려 있었다.

"그러지 마요."

적우강은 대뜸 추정을 향해 말했다.

"뭐? 이 새끼가 날 언제 봤다고 명령이야. 네가 전대 장문

인의 제자면 제자지, 왜 내게 행세하는데? 내가 만만해? 이게
아주 죽으려고……."

"그만둬요. 저것들이 잠 깨면 곤란하잖아요."

멀쩡한 목소리가 추정의 행동을 막았다.

"일비, 너까지 나한테 왜 그래? 어차피 저것들 깨워서 따끔
한 맛을 보여주려고 한 것 아니야?"

조금 전까지 그토록 당당하던 추정이 곽일비가 모습을 드
러내자 움츠러들었다.

"잠 깨서 소리라도 지르면 곤란하잖아요. 그것보다는 한
명씩, 어때요?"

"하, 한 명씩?"

"저 녀석부터 적당히 손본 다음, 한 명씩 데리고 나와서 놀
자구요. 시간도 많은데 그 편이 낫잖아요."

곽일비의 입가에 잔인한 미소가 얹히는 모습이 달빛에 그
대로 드러났다.

"데려가요."

곽일비가 고갯짓을 하자 두 명이 달려들어 적우강을 양쪽
에서 붙잡고 데려갔다.

적우강은 끌려가면서 슬쩍 뒤를 돌아봤다.

사형들은 모두 잠든 모양이다.

조금 전에 봤던 곽일비의 미소가 떠올랐다.

기분 나쁘게 하려면 어떻게 웃어야 하는지 배웠다.

씨익.

곽일비를 흉내 내듯이 웃어보았다.

                    *   *   *

장문인 집무실은 새벽부터 불이 켜져 있었다.

날이 밝자마자 두 사람이 집무실을 방문했다.

안으로 들어온 강효와 동태문의 표정이 심각했다.

서벽풍은 정리하던 문서를 잠시 제쳐 두고 두 사람을 맞이했다.

"두 분께서 이른 시각부터 웬일들이십니까?"

"오늘부터 정말 수련을 시킬 생각인가?"

강효가 평소와 다름없이 단도직입적으로 물었다.

"저는 허튼소리 안 합니다. 두 분께서 그걸 더 잘 아시잖습니까."

"안다. 알기에 다시 묻는 것이 아니냐."

"이 자리는 서벽풍으로 있는 것이 아닙니다. 장문대행으로 있는 자리입니다. 말을 가려서 해주십시오."

"······."

"그리고 앞뒤 자르지 말고 하고 싶은 말을 최대한 자세히 설명해 주십시오, 강 장로님."

서벽풍이 냉정한 눈으로 바라보자 강효는 몇 번 헛기침을 하고는 숨을 크게 들이마셨다.

"청명각을 만들었더군, 장문대행? 제자가 몇이나 된다고 나누려는 거지?"

"그건 이미 상의가 끝난 일입니다. 그 일 때문에 오셨습니까? 그럼 이만……."

"차라리 일비와 몇 명을 가르치는 건 어떤가? 그 아이들이라면 자질도 훌륭하고 충분히 현천일검을 소화할 테니."

"저는 기회를 주었습니다. 배우기 싫다는 녀석들을 어르고 달래서 가르치는 건 제 적성에 맞질 않습니다."

"……!"

강효의 표정이 완전히 일그러졌다.

도와주러 온 동태문을 돌아봤다.

동태문은 눈치를 보다 이미 서벽풍에겐 어떠한 말도 통하지 않는다는 것을 알고서 조용히 입을 다물었다.

"강 장로님, 저는 충분히 양보했다고 생각하는데 모자랐던 모양이네요. 얘기는 여기까지 하시죠. 도움받을 것 다 받고 보호받을 것 다 받으면서 실력을 키워봐야 소용없습니다."

"허! 이젠 가르침까지 내리시는 거요, 장문대행?"

강효의 눈에서 험악한 기운이 폭사됐다.

탁!

서벽풍은 찻잔을 거칠게 내려놓으며 두 장로를 한심한 눈으로 바라보았다.

"장문대행의 업무가 생각보다 많네요. 이만 돌아가 주십시오."

"정말 이럴 건가, 서 장로! 키워봐야 아무짝에도 쓸모없는 녀석들에게 쏟을 시간이 있으면 될 놈들에게 쏟아!"

"이럴 때 사숙 중 한 분이라도 살아 계셨으면 좋았을걸. 그럼 장문대행이란 자리가 어떤 건지 정확히 설명해 주셨을 텐데 말입니다. 그만 돌아가세요."

서벽풍의 목소리가 낮게 깔렸다.

강효는 얼굴이 붉어져서 대답을 하지 못했다.

"아! 이건 궁금해서 그러는데, 어떤 녀석이 될 녀석들입니까? 집안이 좋은 녀석입니까, 아니면 무가의 집안? 저는 농부의 아들로 태어나고도 사부님께 칭찬받으며 잘 지내왔습니다. 숲을 풍성하게 만드는 것은 한 종류의 나무가 아니라 여러 종류의 나무란 것을 잊지 마셨으면 합니다."

서벽풍은 최대한 화를 억누르며 말하고는 다시 업무를 보려 했다.

"흥! 나무들이 곧게 뻗으려면 씨가 좋아야 하는 것도 사실이지, 장문대행."

강효가 자리에서 일어나며 서벽풍을 쏘아봤다.

이런 식의 반응이 가능한 걸까?

서벽풍은 집무실을 나서는 강효와 동태문의 뒷모습을 보며 기가 막혀 할 말을 잃었다.

문일선이 폐관 수련을 결심하게 된 이유를 어느 정도 짐작할 것도 같았다.

　"힘들군, 힘들어."

＊　　　＊　　　＊

　청명각 사형제들의 수련 첫날이 밝았다.

　서벽풍이 모이라고 한 곳은 정문 아래로 족히 수백 개는 될 것 같은 계단 밑이었다.

　"구 사형, 우강이 얼굴이 좀 이상하지 않아요?"

　"응? 뭐가?"

　졸린 눈을 비비며 내려가던 구자귀는 가대건이 적우강을 가리키자 고개를 갸웃거렸다. 어제와 별로 다를 바 없는 얼굴이 거기에 있었다.

　"이상하네. 분명히 어제는 없던 상처가 얼굴에 있는 것 같은데……."

　"괜찮은데 뭐. 네가 잘못 봤겠지. 그나저나 당연히 연무장에서 보자고 하실 줄 알았는데 왜 여기야?"

　구자귀가 화제를 돌리자 가대건은 한 번 더 적우강을 쳐다보다가 이내 고개를 젓고 말았다.

　"다들 모였느냐? 이곳은 앞으로 너희들이 수련할 장소다."

　여섯 명의 정신이 번쩍 들게 만드는 목소리가 들려왔다. 계단 위를 보자 그곳에는 서벽풍이 언제 나타났는지 모르게 웃으며 서 있었다.

"여, 여기서 말입니까?"

"그래. 수련은 간단하다. 이 계단을 올라가는 거다."

"계, 계단을 올라가요?"

"물론 그냥 올라가는 건 아니지."

서벽풍의 말에 구자귀 등은 '그러면 그렇지' 라는 표정을 지었다. 그렇게 쉬운 훈련을 시킬 리가 없기 때문이다.

"갑자기 계단을 오르라고 하니 이상하지? 현천일검을 익히려면 바른 자세는 필수야. 계단을 오를 때 양손을 펼쳐서 나란히 한 다음 그 자세 그대로 올라가야 한다. 이해 못한 사람?"

아무도 손을 들지 않았다.

서벽풍은 빙긋 웃고는 흡족한 듯 고개를 끄덕이고는 말을 이었다.

"우려가 돼서, 계단을 올라갈 때 자세를 한 번씩 잡아주도록 하겠다. 구자귀부터 시작해라."

"예!"

구자귀는 크게 대답하고는 계단으로 한 발을 올렸다.

"어허, 그게 아니지. 고개를 들고 어깨를 내리고, 엉덩이에 힘을 빼면 안 되고."

서벽풍이 뒤쪽에서 지풍을 날렸다.

그 순간, 구자귀는 비명을 지르며 등이 쫙 퍼진 채로 계단을 오르기 시작했다. 이어서 다섯 명 역시 똑같은 과정을 겪으며 계단을 올라갔다.

"자세를 바르게 해야 움직임이 정확해지고 걸을 때도 단전에 힘이 들어가야 내공을 빠르게 회복할 수 있게 된다. 이 단계를 현천일검로에선 연기보(研氣步)의 단계라고 한다."

쉭―

뒤에서 들려오던 서벽풍의 목소리가 여섯 사형제를 앞질렀다.

홀쩍 앞서 나가는 서벽풍의 자세.

여섯 사형제들과 똑같았다.

다른 것이 있다면 마치 바람이 서벽풍의 등을 떠민다고나 할까?

"자세를 흩뜨리거나 농땡이를 피우면 처음부터 다시 시작이다. 후후후."

서벽풍의 마지막 웃음은 여섯 사형제들이 안 보이는 곳에서 들려왔다.

"……!"

여섯 명은 동시에 할 말을 잃고 말았다.

"연기보, 재미있다."

적우강만이 혼자서 힘을 내며 계단을 올라갔다.

막내 사제의 모습에 자극을 받았는지 다섯 명도 진땀을 흘리며 서둘렀다.

"뭐라고요? 그 녀석이 수련에 참가했다고요?"

곽일비가 깜짝 놀라 추정을 쳐다봤다.

추정은 입가의 점을 씰룩이며 입맛을 다셨다.

"나도 놀랐다. 그렇게 두들겨 맞고도 멀쩡하다니. 그놈, 사람 맞아?"

추정의 말에 곽일비의 표정도 굳어졌다.

어젯밤의 일이 떠오른 것이다.

'기분 나쁜 놈.'

"너, 이름이 뭐냐?"

끌려가던 적우강이 갑자기 곽일비를 향해 물었다.

너무 편안한 목소리여서 마치 안부를 묻는 것처럼 들릴 정도였다.

"곽……"

곽일비는 자신도 모르게 이름을 말해주려다 급히 입을 다물고는 적우강을 노려봤다.

묻는 사람은 언제나 곽일비 자신이어야 했다. 그것은 자라면서 지금까지 지켜온 일종의 신조였다. 지금보다 더 성장하면 그때는 점창파가 아니라 더 큰 물에서 헤엄칠 사람이었다.

그런데 감히 저따위 촌뜨기의 질문에 대답을 하려 했다. 이건 심각한 문제였다. 전혀 생각지도 않은 녀석의 말 한마디에 동요했다는 것을 의미하는 것이다.

인정할 수 없었다.

달려가 그대로 적우강의 얼굴을 때렸다.

그제야 묵직한 촉감이 손에 전해지며 안심이 됐다.

"야, 이름이 뭐냐고? 여긴 이름 물으면 때리는 게 인사냐?"

"……!"

나가떨어진 적우강이 벌떡 일어섰다.

추정과 십여 명이 일제히 달려들어 얼마나 팼는지 몰랐다. 지켜보는 곽일비가 걱정이 될 정도로 팼다.

시간이 지날수록 행동은 더욱 과격해졌다.

평소 추정 등을 잘 안다고 생각하는 곽일비로서는 그 모습들이 의외로 받아들여질 수밖에 없었다. 그 모습에서 곽일비는 조금 전의 자신을 보는 것 같았다.

십여 명이 밟아대는 행동은 거의 이각 가까이 이어졌고, 적우강은 반항 한 번 하지 않고 고스란히 몰매를 맞았다.

더 이상 때리면 죽을지도 모른다는 생각에 곽일비는 사람들을 밀치고 적우강의 앞에 쭈그리고 앉았다.

"그렇게 왜 함부로 굴어. 내 이름이 뭐냐고 물었지? 곽일비. 와룡각에선 내 말이 곧 법이야. 잘 알아둬. 그래야 오늘처럼 맞는 일이 없을 테니까."

곽일비의 경고가 막 끝났을 때다.

미동도 않던 적우강의 고개가 돌려지며 곽일비를 향했다.

그 눈빛.

곽일비는 전신에 소름이 쫙 돋는 걸 느꼈다.

이름을 물을 때와 똑같은 눈빛이었다.

꿀꺽.

마른침이 절로 삼켜졌다.

'꼬, 꼼짝도 못하겠다.'

곽일비는 앉은 채 일어서지도 못했다.

입도 떨어지지 않았다. 눈동자를 돌리기라도 하면 적우강
이 달려들 것 같았기 때문이다.

"곽일비……."

아직도 귓가에 적우강의 목소리가 들리는 것 같았다.

기분 나쁜 놈.

그 눈을 보고 나서 청명각을 떠났다.

괴롭힌 사람은 곽일비인데 기분은 오히려 반대였다.

*   *   *

며칠 후.

"헉헉……."

적우강은 사형제 중 가장 먼저 마지막 계단인 육백칠십 번

째 계단 위로 발을 디뎠다. 구슬땀을 흘리면서도 즐거운 표정
을 잃지 않았다.

　계단 수련을 시작한 후 첫 성공이었다.

　그만큼 서벽풍이 원하는 자세는 힘들었다.

　곧이어 다섯 사형들이 올라왔다.

　"허허허, 많이 늘었구나. 제법 자세가 잡혔어. 하나 어쩐
다. 올라오느라 고생은 했지만 동시에 올라오질 않으면 소용
이 없느니라. 다들 다시 내려가거라."

　언제 나타났는지 서벽풍이 여섯 사형제들을 딱하다는 듯
이 보고 있었다.

　"……!"

　여섯 명의 귀에 청천벽력과 같은 소리로 들린 것은 당연했
다.

　'처음엔 몰랐는데 다른 아이들이 우강이와 너무 차이가 나
는구나. 이래서는 수련의 의미가 없지. 사형들처럼 되지 않으
려면 지금이 중요해. 사형제 간의 의리를 모르면 무공이 아무
리 뛰어나도 소용없으니.'

　서벽풍은 자신의 경험을 여섯 명에게 전하기 싫었다.

　현천일검로는 혼자서 수련해도 충분하도록 되어 있었다.
하지만 그렇게 해서 무공이 높아지는 건 서벽풍이 바라는 것
이 아니었다.

　여섯 명이 동시에 마지막 계단을 딛게 하려는 진짜 이유가

거기에 있었다.

연기보는 자세가 중요했다. 하지만 정확한 자세가 어떤 자세인지는 현천일검로에 따라 수련하지 않으면 알 수 없게 되어 있었다.

"다시 계단 아래로 내려가거라."

서벽풍은 정문으로 다시 들어가 버렸다.

덩그러니 남겨진 여섯 사형제들은 서로의 얼굴을 쳐다봤다. 한 사람만 빼고.

"안 내려가요?"

적우강이 계단을 내려가다 말고 돌아봤다.

"가긴 어딜 가!"

가대건이 버럭 소리를 지르며 적우강을 잡았다.

"어? 서 장로님이 다시 하라고 하셨잖아요."

"내려가기 전에 작전을 짜자."

"에? 작전이요?"

적우강은 가대건의 말에 눈을 깜빡였다.

"그래, 작전. 적 사제가 너무 빨라서 쫓아가기 힘들어. 속도를 좀 조절해서 발을 맞추자. 어때요, 구 사형?"

가대건의 말에 구자귀가 머리를 손가락으로 긁으며 대답을 망설였다.

"맞는 말이긴 한데……."

"그냥 해요."

구자귀의 말을 끊으며 적우강이 결정을 내렸다.

그 때문에 나머지 사형제들은 멍청해지고 말았다.

"겨우 걷는 것뿐인데 복잡하게 할 것 없잖아요."

적우강은 어느새 체력을 회복했는지 밝은 목소리를 내며 계단 아래로 먼저 내려갔다.

"저, 저 녀석, 왜 저리 신난 거야?"

가대건이 짜증을 냈다.

"글쎄다. 하지만 막내가 저렇게 열성인데 사형이 돼서 작전이나 짜고 있을 순 없지 않을까?"

구자귀의 눈에 묘한 투지가 일렁였다. 아니, 가대건을 제외한 사형제들의 눈에 불꽃이 튀었다.

"당연하죠. 저 꼬마에게 질 수야 없죠."

냉소하는 목소리의 주인은 주정민이었다.

"찬성."

이어서 여불범이 내려갔다.

구자귀와 홍만 역시 적우강을 앞지르기 위해서 계단을 몇 개씩 뛰어넘으며 내려갔다. 제일 마지막으로 움직인 사람은 가대건이었다. 물론 투덜거리는 것은 잊지 않고서.

다음날.

구자귀는 새벽부터 부스럭거리는 소리에 눈을 떴다.

일어나 소리가 나는 쪽을 쳐다보자 언제 일어났는지 적우강이 주섬주섬 옷을 입고 있었다.

몇 번 눈을 깜빡이던 구자귀가 옆에서 자고 있는 사제들을 깨웠다.

"야, 야. 적 사제가 일어났다."

어제 일로 인해 공공의 적이 된 적우강은 옷을 입다 말고 구자귀를 이상한 눈으로 쳐다봤다. '다들 일어나'가 아니라 '적 사제가 일어났다'라고 했기 때문이다.

부스스한 얼굴로 일어난 다섯 명은 적우강을 쳐다보자마자 적의를 불태웠다.

여섯 사형제들이 일제히 청명각을 나와 정문으로 향할 때였다. 갑자기 가대건이 배를 움켜쥐며 주위를 둘러보다 냅다 숲으로 달려갔다.

"어디 가?"

"아흐! 배, 배가……."

가대건은 대답을 하는 둥 마는 둥 하며 숲으로 들어가자마자 급히 바지를 내렸다. 속에서 천둥치던 내용물이 한꺼번에 좌악 쏟아졌다.

"아효, 살았다."

가대건이 이마의 진땀을 닦으며 안도의 한숨을 내쉴 때였다.

"어휴, 냄새. 누구야? 누가 이런 곳에서 바지를 까 내린 거야!"

'헙!'

갑자기 들려온 목소리에 가대건은 사색이 됐다. 아직 필요한 만큼의 배출을 하지도 못했는데 걸리면 곤란했다. 재빨리 고개를 숙이며 숨을 죽였다. 하지만 자신만 맡지 않으면 모를 것이란 생각은 착각이었다.

"지독한 냄새가 여기서 나는 것 같은데?"

목소리가 지척까지 다가왔다.

'크, 큰일 났다!'

가대건은 급히 손을 뻗어 나뭇잎을 주우려 했다.

그러나 그보다 먼저 목소리의 주인들이 모습을 드러냈다.

"가대건! 이 더러운 새끼! 누가 함부로 이런 데서 싸라고 했어!"

휙.

가대건의 눈앞으로 그림자가 다가왔다.

"아, 안 돼!"

철썩!

가대건이 울상을 지은 채 어기적거리며 정문으로 걸어나오는 모습을 적우강은 의아한 표정을 지켜봤다.

"가 사제, 왜 그… 이게 무슨 냄새야?"

구자귀가 가대건에게 다가가다 멈춰 서며 코를 틀어막았다.

"그 자식들… 싸고 있는데 밀었어요."

가대건의 목소리에 분노가 가득했다.

"누… 일단 넝, 빵링 띠꿍 왕. 어떡!"

구자귀는 다가오려는 가대건을 멈추게 하고는 코맹맹이 소리를 하며 버럭 소리를 질렀다.

가대건의 전신이 부르르 떨렸다.

구자귀가 알고 있던 가대건과 많이 달랐다.

"곽일비가 야비한 놈이란 걸 몰랐던 것도 아니고 왜 그래?"

"왜 그러냐고요? 우이씨! 그때는 적 사제가 없었잖아요! 지금 내 심정이 어떤지 알아요? 쪽팔려 죽을 것 같다고요!"

가대건이 이렇게까지 화를 낼 줄 몰랐던 구자귀는 머쓱해서 할 말을 잃었다. 여불범과 주정민은 가대건의 마음을 아는지 씁쓸하게 웃고 말았다.

"바지 좀 갈아입고 오지. 저 새끼들이 웃잖아."

주정민이 정 떨어지는 말을 하고는 계단 아래로 내려가 버렸다.

"가 사형, 제가 바지 가져다줄게요."

상황은 다르지만 가대건의 모습에서 어릴 때 종종 돌봐주던 곽씨 할아버지의 모습이 보였다. 마을 사람에게 항상 무시 당하면서도 술에 절어 살던.

그때도 술 받아준다며 나섰던 것 같았다.

"아! 그 바지 벗어줘요. 빠는 건 가 사형이 하고요."

적우강은 나뭇가지 하나를 꺾어서 걸라는 시늉을 했다.

"어이구, 이게 웬 떡이야?"

"아까는 가대건이 혼자 숲으로 가더니 이번엔 전대 문주님의 고명하신 제자가 혼자네?"

음흉한 눈빛으로 적우강을 막아선 두 청년은 가대건이 일 볼 때 자빠뜨렸던 자들로 자신들이 한 일을 자랑하려고 와룡 각으로 가는 길이었다.

'그럼 이들이……'

적우강은 두 사람을 빤히 쳐다보며 인상을 썼다.

"인상을 쓰시네? 똥싸개가 아무 말도 안 했어? 생각보다 의 리있네. 킥킥킥."

"이럴 줄 알았으면 얼굴을 박아줄 걸 그랬나? 그럼 말은 했 으려나?"

"겁나서 못했을걸. 낄낄낄."

두 사람은 적우강의 화를 돋우려고 계속 말을 했으나 적우 강은 처음과 마찬가지로 표정에 변화가 없었다. 그러다 천천 히 고개를 돌렸다.

와룡각 쪽에서 곽일비가 추정과 함께 걸어오는 모습이 보 였다.

"그만 해요. 저런 녀석에게 의리 같은 게 있을 리 없잖아요?"

"그, 그럴까? 우리야 뭐 일비가 그렇게 하라면 해야지. 너, 운 좋은 줄 알아."

'또 저 녀석이네.'

적우강은 다른 사람에겐 신경도 안 쓰고 곽일비를 보고 있었다.

"그러다 혼난다, 곽일비."

적우강의 한마디에 곽일비를 비롯해 모두들 멍청해진 표정이 됐다.

"뭐?"

"그러다 혼난다구. 왜 자꾸 사람들을 괴롭혀."

"저번에 혼이 덜 났구나?"

곽일비가 눈짓을 하자 청년들이 일제히 적우강을 데리고 와룡각 건물 옆으로 끌고 갔다.

'어느 정도나 힘을 써야 하는지 모르겠네.'

적우강은 자신의 양쪽을 단단히 잡고 있는 청년들을 돌아보다 한숨을 내쉬었다. 이들의 손에서 빠져나가는 것은 어렵지 않았지만 그렇게까진 하고 싶지 않았다.

"야, 곽일비."

"뭐냐? 지금 빌어봐야 소용없어."

"그게 아니고, 위험하니까 그만 하라고."

적우강의 말을 잘못 이해한 청년들이 일제히 웃음을 터뜨렸다. 그리고는 벽을 돌자마자 밀어버렸다.

"어쩔 수 없지."

적우강은 나뭇가지에 걸려 있던 가대건의 바지를 청년들에게 냅다 던졌다.

철벅!

"우웩!"

청년들 중 둘이 피하지 못하고 구역질을 해댔다.

추정이 곽일비를 보호하며 앞으로 나섬과 동시에 목검을 내리그었다.

홍.

적우강은 가볍게 몸을 움직여 추정의 목검을 피한 뒤 곽일비를 향해 손을 뻗으려 했다.

"어딜!"

츠릿!

기묘한 소리와 함께 느껴지는 예기.

적우강이 돌아서며 그 예기를 향해 팔목을 댔다.

픽!

적우강의 팔목에 검기가 작렬했다.

"헉!"

기겁을 한 외침은 공격한 곽일비의 입에서 터져 나왔다. 목검에 실린 검기를 적우강이 팔목만으로 튕겨 버렸기 때문이다.

"이, 이게 무슨……."

"이리 내."

다가온 적우강이 곽일비의 목검을 뺏어 바닥에 내팽개치고는 멱살을 잡아 뒤로 내던졌다.

"억! 다, 다들 뭐 해! 저놈을 잡아!"

곽일비가 추정 등을 향해 소리쳤다.

그 명령에 추정 등 십여 명이 일제히 목검을 뽑아 들었다. 조금 전, 적우강이 곽일비의 목검을 맨손으로 막아낸 모습을 다들 봤기에 목검을 사용해도 괜찮다고 여긴 모양이다.

"……."

적우강이 처음으로 목검을 뽑아 든 십여 명을 돌아봤다. 그것만으로도 십여 명의 동작이 주춤했다. 충분히 위협적인 눈빛이 아닐 수 없었다.

모두들 슬그머니 뒤로 물러서자 그제야 적우강은 눈빛을 풀며 가대건의 바지를 회수해서 자리를 떠났다.

'손쓸 필요도 없다는 뜻인가?'

곽일비는 생각을 하다 소스라치게 놀랐다.

언제나 행위를 가하는 쪽이었던 자신이 적우강의 행동을 미리 예측하려고 했기 때문이다.

"가 사형, 새 바지 가져왔어요."

적우강이 웃으며 바지를 건넸다.

"왜 이렇게 늦었어?"

"들고 가다 넘어졌어요. 냄새가 배서 좀 씻고 오느라. 헤헤."

"빨리 가자. 장문대행께선 벌써 와 계셔."

"예."

적우강과 가대건이 바지를 입고 계단 아래로 내려가자 서벽풍이 엄격한 눈으로 쳐다봤다.

"늦었구나."

"죄송합니다."

"며칠이나 됐다고 게으름을 피우는 게냐?"

서벽풍의 표정이 좋지 않게 변했다.

"자, 장문대행께 드릴 말씀이 있습니다. 저 두 녀석은 같이 왔으나 일이 있어서 잠시……."

구자귀가 두 사람을 대신해서 변명해 주었다.

"일?"

"그게……."

"제가 바지에 똥을 쌌습니다!"

가대건이 몸을 부들부들 떨며 소리쳤다.

"……."

"……."

서벽풍과 다른 사형제들의 얼굴이 삽시간에 굳어졌다. 저렇게 직설적으로 고백할 줄은 생각지도 못한 까닭이다.

'우강이의 핑계를 대는 게 아니라 솔직하게 말을 한다? 의

외군. 하나 보기는 좋군. 후후후.'

서벽풍은 애초에 기대했던 것보다 훨씬 빠르게 서로를 챙기는 모습에 기분이 좋아졌다.

"됐다. 수련이나 하자. 그게 무슨 자랑이라고 그렇게 큰 소리로. 흠흠."

서벽풍의 말에 가대건을 제외한 다섯 사형제들은 킥킥거리며 웃기 바빴다.

계단 수련을 시작한 지 한 달째 되는 날.

청명각의 여섯 사형제들은 마지막 계단까지 나란히 올라갔다.

적우강이 옆을 돌아봤다.

다섯 사형들 역시 적우강과 마찬가지로 좌우를 돌아보고 있었다.

"준비됐죠, 사형들?"

적우강의 말에 다섯 사형들은 일제히 지친 웃음을 지었다.

"그래!"

척.

여섯 명이 동시에 마지막 계단에 발을 올렸다.

그 순간, 기다렸다는 듯이 '그그궁' 하는 소리와 함께 정문이 열렸다.

"허허허, 겨우 계단 하나 올라서는 데 한 달이나 걸렸으면서 웃고 있구나. 앞으로는 강도를 좀 더 높여야겠다."

서벽풍은 계속 지켜보고 있었던지 모습을 드러냈다.

얼굴은 웃고 있으면서 말로는 꾸짖었다.

청명각 사형제들은 이날 처음으로 여섯이 하나가 됐다는 경험을 하게 됐다.

다음날 새벽.

청명각에서 잠을 자고 있는 여섯 명을 깨우는 소리가 있었다.

"아직 자느냐?"

서벽풍의 목소리는 조용했으나 여섯 명의 귀에는 천둥치는 소리보다 더욱 크게 들렸다. 여섯 명은 동시에 비명을 지르며 귀를 막았다.

"으악!"

귀를 부여잡고 일어난 구자귀와 주정민은 깨운 사람이 서벽풍이란 것을 알고서 사형제들을 두드려 깨우기 시작했다.

"그만 해. 나도 일어났다. 억!"

졸린 눈의 가대건이 퉁명스럽게 말하다 구자귀에게 뒤통수를 얻어맞고 자리에 쓰러지며 여불범의 중요한 부위를 발로 눌렀다.

"으억! 가대건, 조심해!"

"왜 나만⋯ 으악!"

여불범의 발길질에 가대건이 날아갔다.

그러나 청명각 안의 난리는 밖으로 나온 여섯 명을 기다리는 물건을 보는 순간 아무것도 아닌 것이 되었다.

"헉!"

"이, 이게 뭐냐⋯⋯?"

여섯 명의 입을 쩍 벌어지게 만든 물건이 청명각 앞에 놓여 있었다. 팔뚝만 한 두께에 길이는 이 장여에 달하는 거대한 바위였다.

"호, 혹시 이걸 들고서⋯⋯."

가대건은 지레 겁먹고 그런 일이 일어나지 않게 해달라는 듯이 서벽풍을 쳐다봤다.

"잘 아는구나. 이 바위를 드는 것이 현천일검로의 두 번째 단계인 연기중(研氣重)이다. 연기보의 단계에서 기초를 다졌다면 단전에 그 힘을 모아야 한다. 이 바위는 계단 수련으로 쌓인 기를 단전에 모으는 과정을 도와준다. 가벼운 것 같으면 말해라. 무거운 것도 많으니까. 일단 한번 들어봐라."

서벽풍이 한번 들어보라는 눈짓을 하자 구자귀와 홍만이 양쪽에 서서 들려다 포기하고 말았다.

"저, 전혀 가볍지 않습니다!"

구자귀가 화들짝 놀란 표정으로 대답했다.

"그래? 그럼 수련 준비는 됐고. 조건은 똑같은 것 알지? 여섯 명이 동시에 들어야 한다. 아침 밥맛이 좋을 게다. 빨리 들 수 있어야 계단 수련과 병행이 될 테니 서두르는 것이 좋을 게야. 후후후."

"……!"

청명각 여섯 사형제들의 입이 다시 한 번 쩍 벌어졌다. 한 번 벌어진 입은 서벽풍이 완전히 모습을 감출 때까지 닫혀지지 않았다.

바위는 둥그렇긴 하지만 한쪽으로 길쭉하게 늘어진 데다 울룩불룩한 형태여서 들기에 불편하게 생겨먹었다.

가대건은 바위의 모양새를 보다가 진저리를 쳤다.

"부, 분명히 장문대행께서 이 바위를 들고 나면 계단 수련도 병행해야 한다고 하셨지?"

"…그래."

주정민과 여불범이 동시에 고개를 끄덕였다.

"우리가 천하장사냐! 이걸 무슨 수로 들어? 난 안 할래! 난 못해! 으아아!"

딱!

"아야! 왜 때려요!"

"조용히 해. 소리 지를 힘이 있으면 궁리나 해."

구자귀가 고함을 지르는 가대건의 뒤통수를 때리고는 노려봤다. 난감하긴 구자귀 역시 마찬가지였다.

이 돌을 여섯 명이 동시에 들려면 어떻게 해야 할지 상상이

가질 않았다.

"구 사형, 어차피 해야 할 수련이면 빨리 시작하죠? 이것도 재미있겠는데요? 이렇게 생긴 바위를 드는 것도 수련인가 봐요? 하하하! 장문대행님, 재미있으세요."

이번에도 적우강은 사형들과 정반대의 표정을 짓고 있었다. 안 그래도 심란한데 불난 집에 부채질하는 적우강을 다들 곱게 바라보지 않았다.

'적 사제 때문에 지난 한 달 동안 얼마나 죽을 고생을 했는데 또!'

가대건은 원망하는 눈으로 적우강을 쳐다봤으나 그뿐이었다.

힘을 쓰는 훈련은 저녁까지 계속됐다.

그리고 모두들 지쳐서 청명각으로 들어갔을 때였다.

홀로 남은 적우강이 바위를 유심히 쳐다보다 혼자서 바위를 드는 시늉을 했다.

그러나 시늉이 아니었다.

땅에 뿌리를 내리고 있는 것 같은 바위가 적우강의 머리 위로 들려진 것이다.

"이상해. 계단 수련도 그렇고 이것도 그렇고. 이렇게 쉬운 훈련을 왜 매일같이 하라는 거지?"

적우강은 누군가가 자신을 지켜보고 있으리라고는 생각지도 못하고 가볍게 바위를 내려놓았다.

어둠 속에서 지켜보던 시선은 이내 사라졌다.

바위 들기 수련을 시작한 지 두 달은 족히 지났을 때 청명
각 사형제들은 바위의 비밀을 알게 됐다.

"끙차!"

어떤 사람은 발목까지 구멍이 나 있었고 홍만같이 키가 큰
사람은 무릎까지 들어가는 땅속에 파묻힌 채로 힘을 썼다.

허리를 굽히면 힘이 나질 않는다는 것을 알게 된 것은 바위
들기 수련을 시작한 지 한 달쯤 지났을 때였다.

약간의 구멍을 파서 최대한 허리를 세우고 힘을 쓰기로 했
다. 다시 한 달이 지났을 때는 왜 서벽풍이 계단 수련에서 자
세를 중요하게 여겼는지 알게 됐다. 구멍의 깊이가 약간씩 달
라졌다.

그리고 어제 여섯 명 전원은 한 가지 사실을 깨달았다. 바
로 계단 수련을 하며 지난 석 달간 잡아온 자세가 가장 안정
적인 자세란 것을.

그것을 지금 동시에 실천한 것이다.

쿠구구.

바위가 흙을 털어내며 비명을 질렀다.

오늘도 실패하게 되면 역시나 아침밥을 굶은 채로 계단수
련을 하러 가야 했다.

"좀 더! 좀 더 힘내요!"

적우강의 목소리가 다섯 사형들을 부추겼다.

"아, 알아! 우리도… 끄응… 안다고!"

다섯 사형들의 악에 받친 목소리에 적우강은 바위를 들면서 웃었다. 사실 바위는 적우강 혼자서도 들 수 있었다. 동굴에서 마기를 누르기 위해 현천심결만 죽어라 운용한 까닭에 내공이 비정상적으로 높아졌기 때문이다.

곽일비 등의 몰매에도 끄떡없던 이유이기도 했다.

오만 가지 인상을 쓰는 사형들의 모습을 훔쳐보는 재미는 적우강 혼자만의 재미였다.

각자 맡은 자리에서 힘만 쓰면 그만이었다.

방법을 찾는 데 오래 걸리긴 했지만 그 시간은 적우강에게 결코 헛된 시간은 아니었다.

"아침 좀 먹게요!"

적우강의 투정 섞인 외침에 사형들의 입가에 웃음이 퍼졌다.

"알았다고! 나도 아침 먹고 싶다! 으자자자!"

구자귀가 힘을 냈다.

"우리도!"

주정민과 여불범이 같이 소리쳤다.

"나도오오오!"

가대건도 마지막이긴 했지만 힘을 냈다.

잔잔한 호흡 소리가 이어졌다.

혹, 혹.

내뱉는 숨소리에 귀를 기울이며 서로들 눈을 찾았다.

"하하하!"

적우강의 신나는 웃음소리에 다들 입가에 미소를 머금었다. 드디어 바위를 들어 올리기 위해 어떻게 힘을 써야 하는지 알게 됐다.

두 번째 협동으로 바위 들기 수련을 성공했다.

쿵!

원래의 자리에 놓인 바위를 보며 청명각의 사형제들은 땀을 닦았다.

"와하하하!"

"성공이다! 푸하하!"

언제 아웅다웅 다퉜냐는 듯이 서로들 신이 났다.

모두들 아침을 먹는다는 것이 이렇게 즐거울 수 있다는 것을 처음 알았다.

第五章
결정

주방에서 풍겨오는 냄새.

꼬르륵.

누구 할 것 없이 여섯 명의 배에서 요란한 소리가 났다.

"밥이다!"

제일 먼저 안으로 들어간 가대건이 막 밥이 담긴 그릇을 잡으려 할 때였다.

탁.

누군가가 가대건의 밥그릇을 바닥에 떨어뜨렸다.

"어? 이거 뭐야?"

가대건은 핏발 선 눈으로 바닥에 떨어진 밥그릇을 쳐다봤다.

"뭐긴, 네 밥그릇이 떨어진 거지. 하도 안 보여서 쫓겨난 줄 알았더니 아직 있었네? 꼴 하고는."

추정과 함께 곽일비를 추종하는 야비한 눈썹의 혁재란 자였다.

"우하하하!"

"거지가 따로 없구나. 크크큭."

혁재와 함께 앉아 있던 녀석들이 일제히 웃어젖혔다.

예전의 가대건이었으면 아무 말도 못하고 한쪽으로 찌그러져 밥을 먹었겠지만 지금은 그럴 기분이 아니었다. 몇 달 만에 처음으로 따뜻한 밥에 젓가락을 담그려는 이 거국적인 순간을 망친 놈들을 용서할 수 없었다.

가대건은 불끈 일어난 힘줄을 드러내며 그대로 밥그릇을 떨어뜨린 녀석의 얼굴을 갈겼다.

"에라이!"

뻑.

손에 느껴지는 감촉이 예술이었다.

별로 힘을 준 것 같지도 않은데 맞은 녀석은 탁자를 타고 넘어가 일어나질 못했다.

"좋군."

가대건의 입가에 미소가 얹혀졌다.

"청명각 놈들이 덤빈다!"

식당에 있던 제자들이 일제히 청명각의 여섯 사형제들을

노려보며 소리쳤다. 그리고는 곧바로 식기며 젓가락을 던졌다.

툭.

"응? 두, 두부! 이것들이 음식 소중한 줄도 모르고!"

날아다니던 두부 몇 조각이 구자귀의 얼굴에 떨어졌다. 구자귀는 분개하며 가장 가까운 곳에 있던 녀석을 잡아 내던졌다.

"빨리 끝내고 밥 먹자."

평소 말이 없던 여불범이 눈에 불을 켜며 나섰다.

탁자 위로 떨어진 녀석을 번쩍 일으켜 세웠다.

'뭐, 뭐가 이렇게 가벼워?'

별로 힘을 쓴 것 같지도 않은데 와룡각 녀석의 몸이 너무 가볍게 들려졌다. 고개를 돌려 다른 사형제들을 찾았다. 옆쪽에 있던 주정민도 와룡각 녀석 한 명을 내치고서 멍한 표정으로 서 있었다.

여불범은 다가가 어깨를 툭 쳤다.

"주정민, 꽤 세졌네?"

"그래. 나도 방금 알았다."

주정민은 주먹을 들어 보이며 고개를 끄덕였다.

계단 수련으로 생긴 바른 자세와 바위 들기 수련으로 생긴 힘 덕분인 것이다.

그제야 둘은 신이 나서 본격적으로 끼어들었다.

그때, 두 사람의 눈에 적우강이 들어왔다.

청명각의 다른 사형제들은 싸우느라 정신없는데 적우강은 싸울 생각은 않고 이리저리 피하기만 했다.

"어? 적 사제는 왜 안 싸우고 피하지?"

"그러게?"

"수련하면서 느낀 거지만 적 사제는 한 번도 지친 적이 없는 것 같아."

"말을 듣고 보니 그러… 조심해!"

주정민이 여불범을 밀치며 탁자를 밟고 뛰어올라 한 녀석을 내동댕이쳤다.

우당탕!

두 사람은 적우강에 대한 생각을 잊고 싸움에 몰두했다.

삼십 대 육.

말도 안 되는 싸움이었으나 먼저 항복을 한 것은 와룡각 쪽이었다.

"이, 이제 그만 해."

와룡각의 제자 혁재가 손을 저었다.

그러나 그 행동은 오히려 청명각 사형제들의 신경을 자극했다.

"퉤. 그러게 왜 우리 밥그릇을 건드려! 그것이 얼마나 큰 죄인지 니들은 모르지? 석 달 만에 먹는 밥맛을 니들이 알아!"

가대건은 그대로 혁재를 향해 손을 뻗었다.

퍽!

"정말 끝까지 해보자는 거냐!"

혁재의 외침으로 식당 안은 다시 싸움이 벌어졌다.

우지끈— 우당탕—

"……."

식당으로 들어선 강효와 동태문 장로는 할 말을 잃고 말았다. 난장판도 이런 난장판이 없었다. 부서지지 않은 탁자가 없었고 밥알이 안 튄 벽이 없었으며 음식으로 인해 냄새까지 고약했다.

강효의 시선이 한 사람에게 꽂혔다.

"구자귀, 이게 어찌 된 일인지 설명해 보아라."

"수, 수석장로님을 뵙습니다."

얼굴이 퉁퉁 부은 구자귀가 앞으로 나섰다.

"됐으니 설명부터 해!"

"예, 그게… 밥을 먹으러 왔는데… 밥을 못 먹게 해서 이렇게 됐습니다."

"그게 무슨 말인지 똑바로 말 못할까!"

동태문이 언성을 높였다.

"아침 수련을 마치고 밥을 먹으러 왔는데 누가 가대건의 밥그릇을 밀쳐서 시작된 싸움입니다."

"가대건이 누구냐?"

"청명각에서 함께 수련하고 있는 사제입니다."

"꼴들 하고는. 너희들이 지금 무슨 잘못을 했는지 알기는 하는 거냐?"

강효는 구자귀가 가리키는 가대건은 쳐다보지도 않고 곧장 질책부터 했다. 마치 얘기를 듣지 않아도 모든 잘못이 청명각 사형제들에게 있다는 듯 몰아붙였다.

"너희들은 앞으로 식당 출입 금지다. 한번 굶어봐라. 굶어봐야 먹을 것 귀한 줄 알지!"

"저희들 잘못이 아닙니다!"

구자귀가 이를 악물며 말했다.

철썩!

강효는 뺨을 때렸지만 구자귀의 몸은 붕 뜬 채로 식당 벽에 부딪쳤다.

그 모습에 청명각 사형제들은 독기를 드러내며 강효를 노려봤다.

"허! 이것들 봐라? 감히 나를 노려봐? 구자귀, 저 쓸모없는 것들을 데리고 청명각으로 돌아가라! 아예 점창파를 내보내 줄 테니까!"

강효는 차갑게 코웃음 치고는 돌아섰다.

"쓰, 쓸모없는 것들."

청명각 사형제들이 일제히 양 주먹을 부르르 떨었다.

그때였다.

"사형들, 이쪽으로 와요."

적우강이 멀쩡한 그릇들을 챙겨 탁자 한쪽에 올려놓으며 사형들을 불렀다. 그곳을 돌아보던 구자귀 등은 황당해서 언제 화가 났느냐는 듯 멍해지고 말았다.

적우강은 강효와 동태문이 화난 것을 뻔히 보면서도 음식을 챙기고 있었다.

"저, 저건 또 무슨 물건이냐?"

강효가 눈을 부릅뜨며 당장이라도 적우강을 내칠 기세로 움직이려 했다.

"참으십시오, 수석장로님. 그 녀석입니다."

"그 녀석?"

"전대 장문인의 제자 말입니다."

"……."

강효는 적우강을 다시 한 번 보고서야 문일선의 소식을 가져온 꼬마라는 것을 깨달았다. 마음 같아서는 당장 가서 혼찌검을 내주고 싶었으나 이목이 있어 억지로 참아야 했다.

"아무리 전대 장문인의 제자라고 해도 사문의 존장을 대하는 태도를 모르면 가르쳐야지! 감히 내가 말을 하는데 밥이나 처먹겠다고? 용서할 수 없는 일이네. 이리 오너라."

강효는 싸늘하게 적우강을 쳐다보며 손짓했다.

"이게 무슨 난리입니까?"

분위기를 깨뜨리며 강효의 곁으로 한 사람이 다가왔다.

"장문대행!"

강효는 깜짝 놀라 옆을 돌아봤다.

식당 입구에 서벽풍이 기척도 없이 나타나 있었다.

"여섯이서 잘도 이런 난리를 부렸구나. 후후후."

"이게 웃을 일인가?"

"울 일도 아니지요. 다 들었습니다. 식당에서 사소한 마찰이 있었던 모양이네요. 싸움을 한 것은 나쁜 일이지만 그것도 다 싸울 상대가 있으니 되는 것 아니겠습니까? 그건 두 분께서 더 잘 아시잖습니까?"

"지, 지금……."

"너희들!"

서벽풍이 강효의 말을 자르며 적우강에게 다가갔다.

적우강은 볼을 부풀리며 사형들 눈치를 봤다.

"자, 장문대행을 뵙습니다."

"수련이 별로 성과가 없었던 것 같구나."

서벽풍이 혀를 찼다.

"제 잘못입니다!"

구자귀가 무릎을 꿇었다.

그러자 가대건이 고함을 지르며 달려와 구자귀의 옆에 무릎을 꿇었다.

"아닙니다! 구, 구 사형은 잘못이 없습니다! 제가 시작한 일입니다! 저만 벌을 받으면 됩니다! 제가 먼저 손을 썼습니다!"

서벽풍은 가대건의 말을 듣기만 했다. 옆에서 강효와 동태
문이 그럴 줄 알았다는 듯이 비웃음을 지었다. 하지만 두 사
람이 모르는 사실이 하나 있었다. 서벽풍이 식당에서 싸움이
일어나기 전부터 있었다는 것을.

"둘 다 일어나라. 나도 누가 내 밥을 엎으면 참지 못한다.
아니, 참는 것이 이상하지."

"예?"

"수련 끝마치고 이곳에 왔을 때부터 다 보고 있었다."

서벽풍의 말에 강효와 동태문의 표정이 또다시 일그러졌
다. 자신들을 지켜봤다는 뜻도 되기 때문이다.

"자, 장문대행님……."

구자귀는 눈시울이 금방 붉어졌다.

와룡각에 있을 때도 잘못을 하든 안 하든 모든 책임을 뒤집
어쓰던 구자귀로서 서벽풍의 한마디는 엄청난 감동이었다.
다른 청명각의 사형제들 역시 마찬가지였다.

"이 정도 소란은 언제나 있어왔다. 이런 일을 일일이 벌하
면 점창파에는 수련할 시간도 없을 게다. 그렇지 않습니까,
두 분?"

서벽풍은 강효와 동태문을 돌아봤다.

"그게 무슨 소린가?"

"누구나 젊은 시절은 있잖습니까? 당연히 중재를 해주실

줄 알았더니 청명각 아이들을 일방적으로 나쁜 애들로 만드시더군요. 오죽했으면 우강이가 사형들을 챙기려고 했겠습니까?"

"지금 저 아이를 편드는 건가?"

"우강이는 싸우지 않았습니다."

"무슨 소리!"

"제가 다 지켜봤다고 하지 않았습니까? 우강이는 오히려 싸움을 피했습니다. 벌을 내리시려면 잘못한 아이와 잘못하지 않은 아이를 구별해야지요."

"이젠 아예 대놓고 청명각 아이들 편을 드는군."

"그럴 리가 있습니까?"

"장문대행의 태도를 보고도 그리 말하는 건가?"

"제가 감싸고도는 걸로 보셨습니까?"

"그럼 아닌가?"

강효의 반문에 서벽풍은 별로 동요를 보이지 않고 피식 웃었다. 남의 얼굴에 묻은 흠은 보이고 자신들의 얼굴에 묻은 흠은 보이지 않는다는 걸 인정하는 말에 웃음이 나온 것이다.

"저는 청명각 아이들 편을 드는 것이 아니라 정확히 하자는 겁니다. 벌을 내리려면 이곳에 있는 제자들을 전부 벌해야지요. 그럼 밖에서 엿보고 있는 일비와 추정 등 몇 명만 남겠네요."

서벽풍이 식당 창문 쪽을 쳐다보자 강효와 동태문의 표정이 일그러졌다. 이곳까지 온 의도가 단번에 뒤틀어지고 만 까닭이다.

"그, 그럴 수야 없지. 하나, 이 일은 그냥 넘어갈 수 없네. 특히 저 아이의 버릇은 내가 직접 단단히 고쳐 줘야겠네."

강효가 눈으로 적우강을 가리켰다.

"버릇이라니요?"

"내게 어떻게 대했는지 장문대행도 봤잖은가?"

"봤습니다."

"하면 내가 왜 이러는지 알 게 아닌가?"

"이런 말씀 드리긴 뭣하지만 우강이는 열 살 이후부터 사람들과 거의 섞이지 못하고 살았습니다. 전대 장문인께서 보살펴 주신 기간이 채 열흘도 안 된다고 합니다. 그리고 점창파가 전부입니다."

"……."

강효는 서벽풍의 말에 할 말을 잃었다.

"저도 며칠 전에야 알았습니다. 진즉에 물어봤어야 하는데 너무 평범해서… 잊고 있었지요."

서벽풍은 평범하다는 말에서 잠시 말을 끊었다.

평범하다고 하기엔 적우강의 행동이나 능력이 항상 예상을 뛰어넘었기 때문이다.

바위 수련 첫날 우연히 보게 된 광경.

적우강을 제외하고 다들 청명각으로 들어갔을 때 홀로 남은 적우강이 갑자기 바위를 들어 올린 것이다.

그날 이후로 서벽풍은 적우강을 유심히 관찰했다.

저런 힘이 있는 녀석이 무공을 모른 척하는 것이 몹시 의아했기 때문이다.

"우강아, 전대 장문인께서 돌아가시고 혼자서 어떻게 지냈느냐?"

"처음엔 매일 동굴에서 잤어요. 아팠거든요. 일어나 움직일 수 있으면 열매나 과일을 따 먹었어요. 동물들을 죽이면 안 된다고 하셨거든요. 그래서 고기는 안 먹었어요. 고기 먹으면 몸이 막 아프거든요."

"안 먹었다면서 어떻게 알지?"

"…한 번 먹었거든요."

"후후후, 그리고?"

"그게 다예요."

적우강이 외부와 격리된 공간에서 자란 것을 대화로 알게 됐다.

"알았네. 앞으로 지켜볼 테니 장문대행께서 각별히 신경을 써주시게."

강효가 날을 세우며 적우강을 노려보고는 돌아서려 했다.

"공표할 것이 있는데 먼저 가시겠습니까?"

서벽풍이 강효를 잡았다.

"공표?"

"이왕 이렇게 모였으니 공표하기로 하겠습니다."

서벽풍의 뜬금없는 말에 강효와 동태문이 의아하게 쳐다봤다.

"삼 년 후! 청명각의 제자들과 와룡각의 제자들이 비무를 벌여 이긴 쪽이 점창파의 새로운 장문인이 되는 것으로 하겠습니다."

"헛! 자, 장문인? 지금 저 아이들 중에서 장문인을 뽑겠다는 건가?"

강효와 동태문의 눈이 찢어져라 부릅떠졌다.

"그럴 리가 있겠습니까? 청명각을 맡은 저와 와룡각을 맡아주실 장로 중에 장문인이 될 거란 말씀입니다. 제가 비록 지금은 장문대행을 맡고 있지만 언제까지 그럴 순 없잖습니까?"

"그, 그렇긴 하지."

"우승한 제자에겐 사천무림대회에 참가할 수 있는 자격을 줄 생각입니다."

"사, 사천무림대회!"

강효가 기겁을 하며 외쳤다.

사천무림대회는 사천성에 기반을 둔 문파의 후계자들이 나와 실력을 뽐내는 자리였다. 이 대회의 우승자는 그야말로 한순간에 자신의 이름을 천하에 알릴 기회를 갖게 되는 것이다.

"그건 아니 될 말이네!"

"어째서 그렇습니까?"

"사천무림대회에는 점창파를 대표할 기재가 나가야 하네. 당연히 일비여야지."

강효의 말에 식당이 쥐 죽은 듯 조용해졌다.

여기저기서 한숨이 흘러나왔다.

"강 장로님, 점창파에 당연한 것은 없습니다. 일비가 우승해서 자격을 가지면 되겠지요. 장문대행으로서 결정을 내린 일이니 하실 말씀이 있으시면 언제든 집무실로 와주십시오. 이만, 해산."

서벽풍은 결론을 내리고는 청명각 사형제들을 데리고 식당을 나섰다.

강효와 동태문은 어안이 벙벙한 표정으로 서벽풍의 뒷모습을 쳐다봤다. 누가 봐도 장로들에게 유리한 제안이었다.

"그렇게 자신이 있다는 건가?"

강효가 혼잣말로 중얼거렸다.

"걱정하지 마라, 일비야. 무슨 일이 있어도 네가 사천무림대회에 나가도록 해줄 테니."

강효는 식당을 나오자마자 곽일비에게 말을 건넸다.

오늘 식당에서 벌어진 일은 모두 곽일비가 꾸민 일이었다.

청명각 사형제들을 쫓아낼 정도의 큰일이 일어나지 않은 것은 기분이 별로였으나 삼 년 후 비무대회를 열게 된 것은 큰 수확이었다. 적우강은 그전에 처리하면 되기 때문이다.

"감사합니다, 사부님. 열심히 수련해서 실망시키지 않도록 하겠습니다."

"그래야지. 지금 실력으로도 충분히 우승하겠지만 좀 더 확실히 우승할 수 있도록 이 사부가 도와주마."

'당신이 도와주지 않아도 강해질 겁니다. 저 자식의 코를 반드시 납작하게 눌러놓고 말 테니까.'

고개 숙이는 곽일비의 눈빛이 날카롭게 빛을 뿜었다.

청명각 사형제들은 서벽풍을 따라 정문을 나섰다.

계단을 완전히 내려갔을 때 수련을 시키는가 싶었으나 서벽풍이 데리고 간 곳은 숲이었다.

길을 따라 가는 동안 광광한 물소리가 아득히 들려왔다. 서벽풍은 그때까지 아무 말도 하지 않았다. 그 모습에 청명각 사형제들은 서벽풍이 화가 났다 여기고 조용히 뒤따르기만 했다.

그러나 서벽풍은 입가에 웃음을 걸고 있었다.

청명각의 사형제들을 통해 문일선이 남긴 현천일검로의 수련 방법이 옳았다는 것이 증명됐다. 몇 달간 오직 현천일검로의 수련에만 의지했던 청명각 사형제들이 삼십여 명이 넘는 인원과 싸워서 지지 않았다.

서벽풍이 걸음을 멈춘 곳은 계곡 바닥이었다.

계곡은 점창파를 든든하게 받쳐 주는 중정봉과 연결되어 있었다.

"이곳은 마지막 세 번째 현천일검로를 수련할 장소다."

"수, 수련이요?"

혼을 낼 줄 알았던 서벽풍이 엉뚱하게 수련에 관한 얘기를 꺼내자 모두들 의아한 표정이 되었다.

"지금까지 한 수련은 너희들이 입문과 동시에 익혔던 현천심결을 끌어내기 위한 일종의 기초 수련이었다. 계단 수련과 바위 들기 수련을 통해 얻어진 힘을 사용할 단계인 셈이지. 오늘은 거기에 한 가지를 더 추가시키려고 한다. 저 아래 강이 보이지?"

서벽풍이 가리킨 계곡 아래에는 폭이 제법 넓은 강이 흐르고 있었다.

"저곳에서 수련을 하는 겁니까?"

"그래. 저곳은 현천일검로의 가장 중요한 부분을 얻을 수 있는 장소다. 사람의 몸이 움직이기 위해서는 머리와 손발이 유기적으로 연결되어 있어야 한다. 계단 수련이 연기보의 단계에 오르는 과정이라면 바위 들기 수련은 연기중의 단계에 오르는 과정이고, 마지막 단계인 연기정(研氣頂)의 단계에 올라야 비로소 온전한 현천일검의 기본 자세를 얻었다 할 것이야. 연기중을 통해 연기보를 높이고, 연기보를 통해 연기정에 도달해야만 현천일검을 시작할 수 있다."

서벽풍의 긴 설명이 끝나자 청명각 사형제들의 눈빛이 달라졌다. 정확히는 알지 못해도 지난 몇 달간의 수련이 가져다준 효과를 모두 알고 있었다.

와룡각의 제자 삼십여 명과 싸웠다.

이것은 구자귀 등이 생각할 때는 혁명과 마찬가지였다. 싸움 그 자체가 아니라 싸움을 통해 용기를 얻은 까닭이다.

"다들 내려가서 준비하고 있고 우강이는 잠시 나와 얘기 좀 하자."

"예."

적우강은 공손히 대답한 후 뛰어내려 가는 사형들을 부러운 눈으로 쳐다봤다.

"힘들지?"

"아니요."

"사형들과 맞추려니 힘들지 않아?"

"……."

"……."

"알고 계셨어요?"

"계단에서 수련할 때 일부러 늦게 올라가는 것도 봤고 바위도 혼자 들 수 있는 것도 봤고. 후후후, 이유를 물어봐도 될까?"

"같이 놀고 싶어요. 오 년 동안 맨날 혼자서 놀았는데요 뭐. 헤헤."

"그럼 왜 식당에선 같이 안 싸웠느냐?"

"어? 그것도 보셨어요?"

"봤지."

서벽풍이 웃으며 고개를 끄덕이자 적우강은 슬쩍 주위를 돌아보다 멋쩍게 웃었다.

"그건… 어떻게 싸워야 할지 몰라서요."

"어떻게 싸워야 할지 모른다고?"

"아직은 힘 조절이 안 되거든요."

"힘 조절? 아! 아이들이 다칠까 봐?"

"헤헤, 예."

적우강은 서벽풍이 알아주자 기쁜 듯이 웃었다.

"손을 좀 줘보겠느냐?"

"예? 예."

적우강이 손을 건네자 서벽풍은 찬찬히 맥을 살펴봤다. 맥을 통해 몇 가지 알아볼 것이 있어 취한 행동이었다.

그러나 맥을 쥔 지 얼마 안 돼서 서벽풍의 안색이 딱딱하게 굳어졌다. 적우강의 몸속에서 말도 안 되는 힘이 느껴진 까닭이다.

'혹시……'

서벽풍은 맥을 놓으며 적우강을 직시했다.

"우강아, 혹시… 전대 장문인께서 아무 말씀도 없으셨느냐? 네 몸속에 있는 힘에 대해."

"힘이요?"

"그래, 네 몸에 있는 엄청난 내공 말이다."

"힘이 세긴 하지만 그게 내공인가요?"

적우강이 눈동자를 좌우로 굴리며 대답할 말을 찾지 못했다. 당연한 것이, 문일선이 진신내공을 전한 것에 대해서는 일절 말하지 않은 까닭이다.

"됐다. 모를 수 있어. 후후후."

서벽풍은 적우강의 몸을 살펴볼 때 현천진기를 주입했다. 거부감없이 받아들인 것만 봐도 문일선의 내공이 틀림없었다.

'이 녀석, 물건이다. 전대 장문인의 내공에 현천일검을 익히면… 점차 사상 전무후무한 고수가 탄생할 수도…….'

서벽풍은 생각만 해도 기분이 좋은지 급기야 웃음을 터뜨리고 말았다. 그 모습에 적우강은 눈을 반짝이며 쳐다봤다.

'난 또 다 보셨다고 해서 사형들하고 따로 지내라고 하실까 봐 걱정했잖아. 헤헤.'

적우강은 사형제들과 어울리는 방법을 깨닫고 있었다. 한시름 놓은 표정으로 서벽풍을 따라 웃었다. 또다시 외톨이가 될지도 모른다는 불안감은 어느새 사라진 후였다.

"가자, 수련해야지. 힘만 장사여선 소용없다. 어떻게 사용하는지를 알아야 한다. 함부로 사용해서도 안 되지만 사용하지 못하는 것도 나쁜 일이니까."

"예!"

적우강은 크게 대답하고는 활짝 웃으며 계곡 아래로 뛰어 내려 갔다.

그렇게 삼 년의 세월은 흘러갔다.

第六章
당백지

“할 수 있겠느냐?”

흑포를 머리까지 뒤집어쓴 인영이 물었다.

그의 앞에는 고개를 숙인 청년이 서 있었다.

흑포인이 머리에 쓴 흑포를 벗었다.

탁한 목소리와 어울리지 않게 흑포인의 얼굴은 무척 젊었
다.

“이번 일만 잘되면 너는 천의 신임을 얻는 것은 물론이고
묵혈음수공과는 비교할 수도 없는 강한 무공을 얻게 된다.”

“하겠습니다.”

“크흐흐, 그럼 기대하겠다.”

흑포인은 자리에서 일어났다.

"저……."

"뭐냐? 이젠 네 힘으로 여자를 구해도 되지 않느냐? 지금까지 구해준 여자만 해도 묵혈음수공이 칠성에 달했을 것이다. 그 힘이라면 네가 원하는 여자를 언제든지 네 것으로 만들 수 있다. 아직 안 해봤느냐?"

흑포인이 무감정한 눈으로 청년을 쳐다봤다.

"해, 해봤습니다."

"묵혈음수공이라면 네가 원하는 것은 뭐든지 할 수 있게 해줄 것이다. 점창파의 늙은이들만 조심해라."

"예."

"일비야."

"예."

청년이 고개를 들었다.

전체적으로 준수한 얼굴이었으나 치켜 올라간 눈꼬리와 지나치게 얇은 입술이 인상을 망가뜨리고 있었다.

청년은 올해로 열여덟 살이 된 곽일비였다.

"우린 형제다."

"명심하겠습니다, 형님."

"크크크. 그래, 그래야 내 동생이지. 간다."

*   *   *

"얼마나 더 가야 해요, 연미 언니?"

하얀 피부와 곧은 콧날, 그리고 한입에 쏙 들어갈 것 같은 도톰한 입술이 매력적인 여인이었다.

올해로 십칠 세가 되는 사천당가의 당백지(唐白智)였다.

"그걸 왜 나한테 물어?"

살짝 올라간 입꼬리에 샘 많은 눈빛을 갖고 있는 아미파의 교연미가 새침하게 대답했다.

자연스럽게 도도함이 넘쳐흐르는 모습이었다.

"이곳으로 오자고……."

"왜 내 탓을 하는 거지? 점창파가 어디 있는지 모르는 건지 매나 나나 똑같은데. 우린 그냥 길을 아는 분의 안내에 따라가면 돼. 훙훙훙."

교연미는 당백지를 향해 눈을 흘기고는 입을 가리며 뒤쪽의 남자들, 정확히는 남자 셋 중 한 명에게 눈길을 보냈다.

'연미 언니는 왜 저렇게 진현이란 사람을 마음에 들어하는 거지? 난 별로던데.'

당백지는 교연미가 추파를 던지는 남자를 쳐다봤다.

진현을 만난 곳은 성도(省都)의 한 주루였다.

잘생긴 외모에 말끔한 옷차림을 하고 나타났을 때 주루에 있던 여인들 대부분이 진현을 주시했다.

교연미의 승부욕이 발동한 것도 그때였다.

진현과 눈이 마주칠 때까지 쳐다보더니 급기야 합석을 하자는 제안까지 하게 만들었다.

교연미는 진현이 앉자마자, 어느 집안이세요, 무척 잘생기셨네요, 무척 고급스러운 옷감이네요, 우리는 점창파로 가는데 어디로 가세요 등 질문 공세를 퍼부었다.

진현은 자신이 청성파의 제자라며 자신 역시 점창파로 가는 길이라고 했다. 교연미는 바로 반색을 하며 동행을 청했고 함께 길을 가게 된 것이다.

평소 교연미를 마음에 두고 있던 사형 경현묵과 사제 운검에겐 불행한 일이었다. 두 사람도 못생긴 얼굴은 아니지만 진현은 마르고 위로 길쭉한 경현묵과 작고 옆으로 퍼진 운검과는 비교도 안 될 정도로 잘생겼다. 무엇보다 몇 마디 말로 교연미를 다룰 정도로 화술이 뛰어났다.

"진 소협, 이 길이 맞소? 어째 인적이 없는 길로만 다니는 것 같은데……."

경현묵이 기회다 싶었는지 진현에게 대뜸 의심스러운 말을 건넸다.

"어머, 사형! 아무렴 진 소협이 없는 길로 우리를 안내하겠어요? 무슨 말을 그렇게 하세요?"

교연미가 화를 내며 경현묵을 몰아세웠다.

"사, 사매, 그게 아니라 예정대로라면 벌써 길이 나왔어야 한다고."

"진 소협의 친절을 그렇게 의심하면 우리 아미파의 체면이 뭐가 되겠어요? 오랜만에 오는 길이면 헷갈릴 수 있는 거죠."

"그, 그……."

경현묵은 뭐라고 말을 하려다 입을 다물었다.

교연미가 말을 못 붙이게 고개를 돌려 버렸기 때문이다. 갖고 싶은 것은 반드시 손에 넣어야 직성이 풀리는 교연미의 성격이 그대로 나타난 모습이었다.

운검이 다가와 경현묵을 위로했다.

그들의 모습을 지켜보던 당백지가 고개를 저으며 다가왔다.

"연미 언니, 경 소협의 말씀도 일리가 있어요. 진 소협, 점창파에 와본 때가 언제죠?"

경현묵이 무시당하는 것도 그렇지만 진현의 태도가 묘한 것이 마음에 걸린 탓이다.

질문을 해도 지금까지 제대로 대답하는 법이 없었다.

"지 매, 왜 진 소협을 이상한 사람으로 만들어?"

"예?"

"지 매까지 못 믿으면 진 소협께 길 안내를 부탁한 내가 뭐가 되냐고."

"잘 알면 상관없죠. 한데 상황이……."

"그만 해."

교연미는 눈을 치켜뜨며 당백지를 노려봤다.

당백지는 진현이란 청년이 대단한 재주를 지녔다고 생각했다. 불과 며칠 만에 교연미를 완벽하게 다루고 있었다.

이런 재주를 지닌 사람이 청성파에 있다면 벌써 사람들 입에 오르내려야 하는 것 아닌가? 또 그런 사람을 교연미가 몰랐다?

당백지의 머릿속에 문득 든 생각이었다.

경현묵이나 운검 역시 진현에 대해서는 전혀 모르는 눈치였다.

"하하하! 괜찮습니다, 교 소저. 예전에 올 때와 길이 좀 달라서 헷갈린 것 같네요. 하나 이 산으로 가는 건 분명합니다. 여기만 넘으면 계곡이 나와요. 무척 깊죠. 사람들이 소리를 질러도 들리지 않을 만큼. 그 계곡을 건너 곧장 올라가면 점창파입니다. 저 때문에 신경이 날카로워지신 것 같은데, 잠시 쉬었다 갈까요?"

"예!"

교연미가 곧바로 대답하는 바람에 어쩔 수 없이 일행은 쉬어가기로 결정했다.

"지 매, 진 소협이 다 알아서 할 거야. 그러니까 자꾸 이상한 말을 해서 환심 사려고 하지 마."

"……!"

당백지는 교연미가 왜 그토록 날이 서 있었는지 그제야 알 것 같았다. 기막혀하는 표정으로 멍하니 교연미를 바라봤다.

교연미는 당백지의 시선을 의식하지 않고 곧장 진현의 곁으로 가서 조잘거리기 시작했다. 하지만 교연미의 행동에도 나름 이유가 있었다.

교연미와 대화를 나누는 도중에 진현이 몇 번인가 눈동자를 움직여 당백지를 쳐다봤기 때문이다.

있을 수 없는 일이었다.

교연미가 있는 자리에서 남자가, 그것도 무척이나 잘생긴 남자가 한눈을 판다는 건 교연미로선 자존심 상하는 일일 수밖에 없었다.

열일곱의 당백지는 교연미가 보기에도 아름다웠다.

그렇기에 더욱 진현이 당백지를 보지 못하게 하고 싶었다.

"진 소협, 쉴 만한 장소가 어디예요?"

교연미가 진현에게 착 달라붙어 아양을 떨었다.

"기억이 가물가물하긴 한데, 저 위쪽… 이럴 게 아니라 함께 가시겠어요?"

"어머, 일행이 있는데…….."

"같이 가면 되죠. 당 소저, 같이 가세요."

"가, 같이요?"

교연미가 표독스런 눈으로 당백지를 돌아봤다.

저런 눈을 보고도 같이 가면 무슨 해코지를 당할지 몰랐다.

"저는 됐어요. 여기 있을게요."

당백지는 고개를 저으며 거절했다.

"우리끼리 가요. 지 매는 움직이는 걸 별로 안 좋아하나 봐요. 호호호."

교연미가 잡아끌자 진현은 어쩔 수 없다는 표정으로 따라 움직였다.

"단둘이? 사매, 같이 가."

경현묵이 소리치며 운검과 함께 움직이려 했다.

교연미가 돌아서며 손가락 하나를 들어 두 사람의 발을 가리켰다. 꼼짝 말라는 뜻이었다.

저렇게까지 하는 데야 경현묵과 운검도 어쩔 수 없었다. 제자리에 서서 발만 동동 굴러야 했다.

"진현이라는 자, 아무래도 수상해."

"저도 그렇게 생각합니다, 사형. 사저에 대해 너무 잘 알고 있어요. 주루에서 접근할 때 좀 더 알아보는 건데⋯⋯."

"아무래도 안 되겠다. 내가 가보고 오마."

"같이 가요."

"너는 당 소저와 함께 있어야지."

"그래도⋯⋯."

운검이 당백지를 돌아봤다.

"저는 괜찮으니 가보세요. 교연 언니의 목소리가 안 들리니 불안하네요."

"어? 그러고 보니 사매의 목소리가⋯⋯."

경현묵과 운검은 더 이상 지체하지 않고 교연미가 사라진 방향으로 몸을 날렸다.

두 사람은 진심으로 교연미를 걱정하고 있었다.

어떻게 자신을 걱정해 주는 사형과 사제보다 낯선 사람을 더 신뢰하는지 당백지로서는 이해가 안 가는 부분이었다.

"이런 곳에 문파가 있다라……."

당백지는 주위를 둘러보았다.

강호에 나온 적은 거의 없지만 풍수지리에 대한 약간의 공부를 해서 이 근처에 사람이 산다는 것 자체가 이해되질 않았다.

한동안 주위를 맴돌던 당백지는 사람들이 올라간 곳을 쳐다봤다. 뒤늦게 올라간 경현묵과 운검의 목소리도 전혀 들리지 않았다.

"이상하네, 다들."

당백지는 이상한 생각이 들어 올라가려다 옆을 돌아봤다. 위험할 수 있는 길이지만 사천당가의 무공 중에는 암기를 펼치기 위해서 반드시 익혀야 하는 뛰어난 보법과 신법이 있었다.

구환밀(究幻謐)은 당백지의 몸을 소리없이 나무와 나무 사이로 움직일 수 있도록 해주었다.

삼 장여를 올라갔을 때다.

'흡!'

바람을 타고 역한 피비린내가 코를 찔러왔다.

당백지는 무슨 일이 일어났음을 깨닫고 품에서 추혼연미표를 꺼내 양손에 끼웠다. 언제든 불시에 날릴 수 있는 추혼연미표는 가까운 거리에서 유용하게 사용할 수 있는 암기였다.

인기척을 감춘 채로 조심스럽게 숲을 헤치며 다가갔다. 피비린내는 더욱 진해졌고, 앞쪽에 무슨 일이 일어났는지 어느 정도 예상할 수 있게 해주었다.

"당 소저! 어서 이쪽으로 와보세요!"

"……!"

진현의 목소리가 앞쪽에서 들렸다.

당백지는 더욱 조심스럽게 풀을 헤치고 안을 들여다봤다.

'헉!'

재빨리 손으로 입을 막았다.

진현의 뒷모습이 보였다.

그 앞.

나신이 되어 죽어 있는 교연미와 머리가 날아간 두 구의 시체가 눈에 들어왔다.

경현묵과 운검이었다.

'그 짧은 시간에! 고수다!'

당백지가 전혀 눈치 못 채게 셋을 소리없이 죽인 것이다. 찾는다고 경현묵이 올라간 곳으로 갔으면 당백지 역시 교연미와 같은 꼴을 당했을지 몰랐다.

소름이 끼쳤다.

상황을 다 보고 있는 것도 모르고 진현이 다시 한 번 아래쪽을 향해 급히 소리쳤다.

"당 소저!"

진현은 아래쪽에서 대답이 없자 이상함을 느꼈는지 고개를 가웃거렸다.

조금 더 기다렸다가 본색을 드러냈다.

"계집, 눈치 챈 모양이군. 흐흐흐. 그런다고 내 손에서 도망칠 수 있을 것 같으냐? 사냥을 해야겠군."

진현의 목소리는 듣기 거북할 정도로 역하게 바뀌어져 있었다.

당백지는 진현이 아래쪽으로 사라질 때까지 제자리에서 꼼짝도 할 수 없었다.

재빨리 교연미를 살펴봤다.

'왜 이렇게 창백한 거지? 마치 피가 다 빠져나간 것처럼……'

교연미를 만지던 당백지의 몸이 굳었다.

교연미의 살갗이 얼음처럼 차가웠다.

고개를 돌렸다. 올라오던 경현묵과 운검이 진현과 당백지를 발견한 순간 목이 잘린 것 같았다.

일단 자리를 피해야 했다.

덜덜덜.

손이 떨렸고 머리는 자꾸만 하얗게 변해갔다.

진현이 내려간 반대 방향으로 최대한 빨리 달렸다.

                    *   *   *

지글지글.

계곡 아래에서 물고기 굽는 냄새가 진동했다.

얼굴 전체가 털로 가득한 두 명이 여기서만 잡히는 비곡어(肥谷漁)를 굽고 있었다. 두 사람은 키가 크고 작은 것 외에는 거의 구별이 되질 않았다.

키가 큰 자가 어른 손바닥 크기의 토실토실한 비곡어를 물에 몇 번 헹궈 나뭇가지에 추가로 끼워 넣었다.

"구 사형, 우리도 많이 먹고 키 좀 크자구요."

"거기서 키 얘기가 왜 나와!"

"안 나오게 생겼어요? 주정민이나 여불범은 그렇다 쳐도 적 사제 봐요. 그들 둘보다 더 컸다고요. 이게 다 이 비곡어를 많이 먹어서 그래요."

두 사람은 청명각의 대사형인 구자귀와 가대건으로 오늘 수련을 끝내고 배를 채우는 중이었다.

"그래? 내가 보기엔 다들 똑같던데."

"당연하죠."

"왜?"

"구 사형 뒤에는 항상 홍 사형이 버티고 있는데다… 눈썰미도 없잖아요."

"뭐!"

"아이고, 고기 타잖아요."

가대건은 구워진 비곡어 한 마리를 집어 들어 살점을 입에 쏙 넣었다.

그 모습에 구자귀는 피식 웃었다.

삼 년이나 흘렀는데도 가대건의 촐싹거리는 행동은 전혀 변하지 않았다.

'드디어 내일인가…….'

구자귀의 머릿속으로 청명각에서 지낸 삼 년이 빠르게 지나갔다.

계단 수련과 바위 들기 훈련을 끝내고 계곡으로 올 때 마주치던 싸늘한 시선들과 청명각으로 돌아가는 길에 만난 장로들의 비웃는 표정들.

그 모든 시선을 이겨냈다.

사천무림대회의 출전 자격은 사실 청명각 사형제들에겐 그리 중요하지 않았다.

삼 년이란 시간은 많은 것을 바꾸어놓았다.

점창파 내의 어느 누구도 청명각 사형제들을 응원하지 않았다. 그들은 오직 곽일비와 장로들의 제자들만을 닮고 싶어 했다.

누구도 청명각의 승리를 원하지 않았다.

구자귀는 점창파에 입문해서 지금까지 잘못을 저지른 기억도 없었고 수련을 게을리 해본 기억도 없었으며 특별히 자질이 모자라 뒤처져 본 기억도 없었다.

그런데도 사람들은 구자귀를 싫어했다.

구자귀는 회상에 잠기며 천천히 손을 들어 잘 구워진 비곡어 한 마리를 머리부터 그대로 입 안으로 넣었다.

"구… 늦었네."

가대건이 보고 있다가 말리려고 했으나 이미 늦었다.

"크하! 허뜨, 허뜨뜨!"

구자귀는 입으로 들어온 불덩이를 뱉어내며 방방 뛰었다.

"배가 많이 고팠나 봐요, 구 사형?"

가대건은 슬며시 자신이 들고 있던 비곡어를 뒤쪽으로 감추며 말했다.

방방 뛰던 구자귀가 가대건을 노려보며 다가왔다.

"제가 말리려고 그랬……."

"가 사제, 내일이다!"

"예?"

"내일!"

"…예."

가대건은 입을 꼭 다물며 고개를 끄덕였다.

내일이 바로 결전의 날이란 걸 모를 리가 없었다.

"이겨도 좋은 소리는 못 듣겠지만 지는 것보단 낫잖아요. 어차피 사천무림대회의 출전 자격은 물 건너갔으니까. 그냥 우릴 내버려 둘 수는 없는 걸까요?"

가대건의 진심이 담긴 말에 구자귀는 씁쓸하게 웃고 말았다.

청명각 사형제들은 모두 다 알고 있었다.

내일이 중요한 사람은 청명각의 사형제들이 아니라 곽일비와 장로들의 제자들이었다.

"어? 그러고 보니 적 사제가 안 보이네?"

"수련 끝나고 저쪽 아래로 내려갔어요."

"혼자?"

"예. 주정민하고 여불범이 부르러 갔으니 금방 올 거예요."

"그래?"

구자귀는 가대건이 가리키는 방향을 바라봤다.

지난 삼 년 동안 청명각 사형제들은 많이 변했다.

그중 가장 많은 변화가 있었던 사람은 단연 적우강이었다.

처음 일 년은 모두들 비슷했다.

다들 그렇게 믿었다.

그러나 일 년이 지나면서부터 달라졌다.

적우강은 근본적으로 자신들과 뭔가 다르다는 것을 깨달아야 했다. 이 년이 지났을 때 적우강의 성장은 당연한 것이었으며 삼 년이 지난 지금은 완전히 다른 인종이라 인정하고 있었다.

현천일검로는 적우강을 위해 존재하는 수련 방법이었다. 지금은 얼마나 강해졌는지 함께 수련한 사형들은 짐작도 할 수 없었다. 현재 적우강의 실력을 아는 사람은 서벽풍뿐이었다.

계곡을 따라 일다경가량 내려가면 나오는 공터.

길 끊어진 절벽과 절벽이 만나는 곳에 돌로 채워진 공간이 있었다.

이곳은 적우강이 모든 수련이 끝나면 들르는 곳이었다. 사형들과 함께하는 수련 이외의 수련이라고나 할까? 적우강은 다른 사형들 못지않게 텁수룩한 머리에 수염까지 기른 상태였다.

슥.

목검을 들고 위에서 아래로, 좌에서 우로, 우에서 좌로, 아래에서 위로, 사선으로, 다시 반대쪽 사선으로 그었다.

시선은 고정되어 있고, 의식이 알아서 몸을 움직이는 것처럼 조용하고 부드러웠다.

적우강은 사형들과의 수련에서 삼분지 이의 힘을 쏟고 나서야 이곳에 오면 마음이 편안해졌다. 체력도 어느 정도 고갈된 상태여서 고요한 공간을 가르는 훈련은 무척이나 기분이 좋았다.

허공에 붕 뜬 것 같고 목검을 쥐고 있다는 것도 잊은 상태였다.

스슷.

목검이 몇 번 휘둘러지자 적우강의 몸에서 아지랑이가 피어나기 시작했다. 피어난 아지랑이는 금방 사라졌다가 다시 나타나길 반복했다.

적우강을 감싸는 아지랑이.

막이었다. 몸에서 피어나는 것이 아니라 목검을 통해 전해진 힘이 빠져나가 일종의 막을 만드는 현상이었다.

적우강의 움직임이 빨라지면 아지랑이가 사라지기 전에 꼬리를 무는 모습이 되는데 이것이 뿌연 막을 형성했다.

석석―

뿌연 막을 형성하던 아지랑이는 적우강이 멈추면 튕겨 나가 벽에 부딪쳤고, 그때마다 벽은 평평해졌다.

움직임을 조절해 만들어내는 것이다.

장관이 아닐 수 없었다. 모든 감각을 안으로 갈무리한 상태인 적우강은 이러한 외부의 변화를 전혀 인지하지 못하고 있지만.

완전한 몰아지경에 빠진 적우강을 동굴 밖에서 지켜보는 시선들이 있었다.

한참이 지나도 돌아오지 않아 부르러 왔던 주정민과 여불범은 동굴 안에서 펼쳐지는 모습에 입을 다물지 못했다.

적우강의 몸을 감싸고 있는 것은 분명 검막이었다.

두 사람은 전력을 다해야 검풍을 일으키는 것이 고작인데 적우강은 너무도 쉽게 검막을 일으키고 있었다.

"또 따라잡아야 하나?"

"후후후, 언젠 안 그랬나. 지겨운 녀석이야."

두 사람은 적우강의 수련을 방해하지 않으려고 돌아서서 벽에 등을 기댔다.

"검을 위해 태어난 녀석이야."

"한 번도 쉬지를 않는다니까."

"혼내주고 싶네."

"그럴까?"

주정민과 여불범은 서로를 쳐다보고는 장난기를 드러내며 킥킥거리다가 이내 낮은 한숨을 짧게 내뱉었다.

"적 사제, 운 좋은 줄 알아. 내일이 비무대회만 아니면 우리한테 혼나는 거였어."

"내 말이."

여불범이 손바닥을 내밀었다.

주정민은 그 손바닥을 내려치고는 구자귀 등이 기다리는 곳으로 몸을 돌렸다.

그때였다.

쾅—

"······!'

"자네도 들었어?'

여불범의 시선이 절벽 위를 올려다보고 있었다.

분명히 싸우는 소리였다.

이 근처에서 싸움이 일어난 적은 한 번도 없었다.

점창파 영역 안에서 싸움이 일어났다면 그것은 점창파를 무시하는 거나 다름없었다.

두 사람은 곧장 신법을 펼쳐 절벽을 올라가 싸움이 일어나고 있는 방향을 확인한 후 그쪽으로 신형을 움직였다.

"나는 사천당가의 당백지이다! 이런 짓을 하고도 무사할 것 같으냐!'

당백지는 두려운 눈으로 다가오는 진현을 향해 소리쳤다. 얼마나 조심스럽게 도망쳤는지 몰랐다. 은밀하게 소리나지 않는 곳만 찾아서 달렸지만 진현을 피하기엔 역부족이었다.

진현은 혀를 날름거리고 있었다. 그 모습에 당백지는 교연미의 모습을 떠올리며 몸을 움츠렸다. 좀 더 조심하지 못한 것이 후회스러웠다.

"흐흐흐, 그런 것을 두려워했다면 교가 계집을 죽였겠느냐? 교가 계집의 맛은 생각보다 별로였다. 네 것으로 모자란 부분을 채워주어라."

날름거리는 진현의 혀가 붉었다.

'맛이라는 것이 혹시 피?'

당백지는 손에 쥐고 있는 추혼연미표를 사용할 준비를 했다.

"그, 그럼 이곳이 점창파에서 가깝다는 말도 거짓이었느냐?"

"거짓은. 네년들의 목적지가 점창파라는 것을 알고서 일부러 동행했는데. 흐흐흐."

"이 괴물!"

당백지는 최대한 목소리를 높여 소리쳤다.

"그 소리를 듣고 달려와 줄 사람이 있을 것 같으냐? 그런 곳으로 내가 데려왔을까? 흐흐흐, 더 크게 소리쳐 보지 그러느냐? 그래 봐야 소용없겠지만. 네 맛은 어떨까?"

진현이 혀를 날름거리며 다가왔다.

"이, 이… 악마 같은!"

"맞다. 바로 내가 악마다! 크하하하!"

쉭.

순식간에 거리를 좁힌 진현은 손을 뻗어 당백지의 가슴을 노렸다.

"악적!"

당백지는 추혼연미표를 낀 손을 앞으로 내밀었다.

푹.

너무나 쉽게 진현의 양쪽 손에 추혼연미표가 박혔다.

그러나 그것은 착각이었다.

추혼연미표는 진현의 양 손바닥에 닿았을 뿐 뚫지는 못했다.

"크흐흐, 놀랐느냐? 본 공자는 묵혈음수공으로 인해 도검이 불침하는 몸이다."

"익."

당백지는 이를 악물고 이번엔 추혼연미표로 진현의 가슴을 노렸다.

툭.

"⋯⋯!"

"내가 뭐랬느냐. 이 몸은 도검불침이라고 했잖느냐."

진현은 가슴에 추혼연미표를 댄 채로 다가왔다.

살짝 열린 진현의 가슴에 붉은 점 세 개가 보였다.

"이, 이럴 수가!"

"즐겁게 해다오. 그럼 고통없이 죽여주겠다. 흐흐."

진현이 불쑥 손을 내밀었다.

허공에서 갑자기 튀어나온 것 같았다.

당백지는 급히 뒤로 물러났으나 찌이익 하는 소리와 함께 목 부근의 옷자락이 길게 찢겨져 나갔다. 그로 인해 당백지의 어깨 위의 살결이 드러났다.

"이, 이 더러운 음적!"

아무리 당당하려고 해도 울먹이게 되는 것은 어쩔 수가 없었다.

수치와 두려움으로 인해 옷을 추스르려 했으나 진현의 공격은 아직 끝나지 않았다. 그의 양손이 갈고리처럼 구부러진 채로 당백지의 반대쪽 가슴을 향해 휘둘러졌고, 그것을 막자 곧바로 복부를 향해 손을 휘저었다.

찌이익!

이번엔 복부의 옷자락이 찢어지며 배꼽이 드러났다.

당백지는 수치로 인해 더 이상 침착할 수 없었다.

소매 속에 감춰둔 암기통을 손으로 옮겨왔다.

"죽어라, 음적!"

촤라락!

당백지의 손에서 쏘아진 암기의 숫자는 무려 이십 개에 달했다. 각기 다른 형태의 암기들이 일제히 진현을 향해 날아갔다.

"흐흐흐, 고작 암기… 만천화우로구나!"

진현은 음흉하게 웃다가 갑자기 안색을 굳히며 바쁘게 손을 흔들었다.

암기통에서 나간 암기들을 당백지가 일일이 조종하며 방향을 전부 바꾸었기 때문이다.

그러나 암기는 진현의 주먹에서 뻗어 나오는 기운을 감당하지 못하고 허공에서 튕겨 나갔다.

내공이 모자란 것이다.

진현은 코웃음 치며 당백지와의 거리를 좁혀들었다.

당백지는 급히 뒤를 돌아봤다.

낭떠러지 절벽이었다.

'내공이 좀 더 있었다면……. 이 음적에게 잡힐 바에는 차라리 절벽으로 떨어지자!'

당백지는 마지막 암기까지 권경으로 밀어내는 진현의 모습을 확인하고는 그대로 몸을 뒤로 던졌다.

"안 돼! 네 음기가 필요하단 말이다!"

진현은 당백지가 무슨 짓을 저지르려는지 알고서 나머지 암기를 고스란히 몸에 맞으며 주먹을 뻗었다.

찌이익—

홍의 경장 아랫부분이 진현의 손가락에 걸려 뜯어지고 말았다.

당백지는 눈을 질끈 감으며 마지막이라 생각했다.

그 순간, 누군가가 당백지의 등을 받쳐 주는 손길이 느껴졌다.

턱.

'……?'

당백지는 진현일지도 모른다는 생각에 눈을 번쩍 뜨고 옆을 돌아봤다.

"헉!"

괴인이 당백지의 허리에 한 손을 감은 채 절벽에 떠 있었다. 아니, 절벽에 목검을 박고서 당백지를 안고 있었다.

이때, 당백지가 떨어진 곳에서 낯선 목소리가 들렸다.

"비겁한 놈, 손을 멈춰라!"

'누구지?'

쾅!

거친 폭음이 이어졌다.

당백지는 급히 올라가려 했으나 괴인의 손 때문에 꼼짝을 할 수 없었다.

"괜찮나요?"

'어? 젊은 목소리?'

당백지는 자신을 구해준 사람이 청년이란 것을 깨달았다. 그제야 텁수룩한 머리와 수염 사이로 보이는 눈을 볼 수 있었다.

진현에 의해 찢겨진 허리에 사내의 손이 닿아 있었다.

부끄러워 붉어진 얼굴로 디딜 곳을 찾기 위해 발을 놀렸다.

"디딜 곳 없으니 움직이지 마세요. 기회를 봐서 올라가도록 할게요."

"가, 감사해요."

"저는 점창파의 제자 적우강이에요."

"예? 예. 저는 당가의 당백지예요."

당백지는 이런 다급한 상황에서 나눌 수 있는 인사가 아니었으나 이상하게도 안심이 됐다.

"서둘러야겠네요. 사형들이 밀리고 있는 것 같아요. 제가 소저를 위쪽으로 던져 줄 테니 절벽 위로 올라갈 수 있겠어요?"

"예? 예."

"준비됐죠?"

"예."

흔들.

적우강이 몸을 앞뒤로 움직이다가 발등으로 당백지의 한쪽 발을 찼다.

허리를 받쳐 주며 위로 차주자 당백지는 별 어려움 없이 위로 솟구칠 수 있었다. 방향을 바꾸기 위해 몸을 회전시켜 절벽 위에 올라섰다.

"이걸로 가려요."

적우강은 땅에 내려서자마자 상의를 벗어 당백지에게 건네고는 들고 있는 목검을 어깨에 올리며 싸우는 세 사람을 바라보고 섰다.

쾅!

폭음과 함께 주정민과 여불범이 뒤로 튕겨졌다.

검기와 권경이 부딪치면 당연히 검기를 날린 쪽이 우세해야 하지만 진현의 주먹은 멀쩡했다.

"네놈들은 누구냐?"

진현이 의외라는 눈으로 물었다.

"이곳은 점창파의 영역이다."

주정민과 여불범은 호흡을 가다듬으며 진현을 향해 목검을 겨누었다.

진현은 두 사람의 꾀죄죄한 몰골을 보며 이채를 발했다. 목검에서 흘러나오는 기운이 제법이었다.

"어디, 본 공자와 어울릴 실력들이 되는지 볼까?"

막 진현이 두 사람을 공격하려 할 때였다.

절벽 위로 올라오는 두 남녀가 있었다.

적우강과 당백지였다.

진현은 잔인한 웃음과 함께 혀로 자신의 입술을 핥았다. 공격하려던 자세를 거두며 양손을 들어 올린 채로 주정민과 여불범을 향해 웃었다.

"하하하! 나는 청성파의 제자 진현이라고 하오. 저 계집을 놓쳐 속이 상했던 터라 잠시 이성을 잃었던 것 같군요. 설명을 길게 할 시간이 없어 부득이하게 손을 쓴 것이오. 소협, 그 계집을 조심하시오. 언제 암기를 뿌려댈지 모르니."

진현의 갑작스런 태도 변화에 주정민과 여불범이 잠시 경계를 풀었다. 무의식중에 아주 잠깐 동안에 일어난 일이었다.

"조심하세요!"

당백지가 다급히 소리치며 경고했다.

그제야 주정민과 여불범은 정신을 차리고 검을 들어 올리려 했다.

"흐흐흐, 늦었다."

두 사람이 방어 자세를 취하기도 전에 진현의 얼굴이 몇 발자국 안으로 다가들었다.

진현의 손바닥이 검붉은색으로 변해 있었다.

묵혈음수공이 칠성을 넘어야 나올 수 있는 색이었다.

족히 백 명 이상의 여인이 진현에게 음기와 피를 빨렸다는 것을 뜻했다.

"죽어!"

주정민과 여불범은 동시에 양쪽으로 흩어졌다가 진현을 향해 목검을 내밀었다.

콰쾅!

두 사람의 검풍이 동시에 진현의 양손을 때렸으나 진현은 검풍을 유유히 깨뜨리며 뒤로 물러섰다.

진현의 얼굴은 웃고 있었다.

양쪽으로 갈라진 주정민과 여불범을 한 명씩 상대하는 편이 훨씬 쉽기 때문이다.

"흐흐흐, 네놈부터 죽어라!"

진현의 눈이 번뜩이며 여불범을 향해 손을 내밀었다.

쾅!

"컥!"

여불범은 급히 목검을 들어 막았지만 목검이 부러지며 그대로 날아가고 말았다.

진현은 결과를 지켜보지 않고 곧장 신형을 돌려세우며 이번엔 주정민을 향해 손을 뻗었다.

"여불범! 네놈이 감히 여불범을!"

주정민은 여불범이 쓰러지는 모습에 눈을 부릅뜨며 달려들었다.

콰콰콰!

검풍에 의해 주정민의 모습이 흐릿해졌다.

"흥!"

진현은 콧방귀를 뀌며 양손을 들어 올렸다.

검풍 따위는 문제될 것도 없었다.

"목검까지 부숴 버리면 되지. 흐흐흐."

우웅—

진현의 양손에서 기이한 소리가 흘러나왔다.

이제 곧 주정민의 목이 뚫릴 것이다.

"응?"

공격하려던 진현이 갑자기 눈을 크게 치뜨며 고개를 들었다. 무서운 속도로 다가오는 인영이 있었다. 이대로 공격하면 주정민을 죽일 수는 있지만 인영에게 머리를 내줄 수밖에 없었다.

진현은 재빨리 자세를 바꾸며 모습을 드러낸 주정민의 목

검을 잡아 뒤로 던져 버리고는 양 주먹을 교차해 머리 위의
공격을 막았다.

쾅!

묵직한 힘이 그의 양 주먹을 강타했다.

"적 사제, 조심해!"

주정민이 한쪽으로 날아가 처박히며 소리쳤다.

"주 사형, 뒤 좀 맡아줘요."

"이건 또 무슨 물건이냐?"

진현이 이를 갈며 나타난 인영을 쳐다보다 잠시, 아주 잠시
주춤했다. 하지만 이내 더욱 기세를 피워 올렸다.

"진즉에 나섰어야 했는데. 괴물, 넌 뭐냐?"

적우강이 진현을 향해 물었다.

조금 전의 싸움을 모두 지켜봤으면서도 긴장된 모습은 전
혀 찾아볼 수 없었다.

"흐흐, 지금 내게 물은 거냐?"

"여기에 괴물은 너밖에 없잖아."

적우강이 대수롭지 않게 말했다.

"조금 전 수법은 제법이었다. 마음에 들……."

"간다."

"뭐?"

진현은 황당한 표정이 됐다.

조금 전 적우강의 공격 때문에 양손에 상처난 것을 보고 놀

라고 있던 터다.

만만히 볼 녀석이 아니었다.

생각은 거기서 끝이었다.

쾌액.

'목검으로 저런 소리를 내?'

진현의 얼굴에 긴장감이 감돌았다.

저 정도의 속도라면 진검과 다르지 않았다.

양손을 들어 막으려 했다.

"헉!"

진현이 갑자기 비명을 질렀다.

적우강의 공격을 막으려고 양손을 들어 올렸다가 한 손이 엉망이 된 것을 본 까닭이다.

"어, 언제?"

급히 앞쪽을 바라봤다.

적우강의 목검이 어느새 아지랑이를 실은 채 일직선으로 날아오고 있었다.

막기엔 늦었다.

팍!

무언가 터져 나가는 음향.

데굴데굴 구르는 진현이 비명도 지르지 못하고 자신의 오른팔을 쥐었다.

"이건 여 사형 몫이다."

적우강의 검이 이번엔 진현의 왼쪽 어깨를 내려쳤다.

쾅!

"끄악!"

묵혈음수공이 겨우 목검에 의해 간단히 부서지고 있었다. 진현은 몸을 비틀며 적우강을 믿을 수 없는 눈으로 쳐다봤다.

'저, 저건… 서, 설마 검막?'

진현의 눈은 정확했다.

적우강을 감싸고 있는 아지랑이는 검막이었다. 먼저 덤볐던 주정민과 여불범 정도로 여기고 막은 것이 화근이었다.

픽!

"컥!"

적우강의 발에 걸어차인 진현이 신음을 터뜨렸다.

진현은 데굴데굴 구르면서 품 안에 손을 넣었다.

'저 음적이 왜 손을……'

일방적인 싸움을 지켜보던 당백지의 눈이 예리하게 빛났다.

"적 소협, 저 사람 손을 조심해요!"

'손?'

적우강이 당백지의 외침에 진현의 품을 쳐다봤다.

그 순간, 진현이 손을 빼내며 무언가를 뿌렸다.

좌악!

"모두 숨 쉬지 마세요!"

당백지는 양손에 끼고 있던 추혼연미표를 진현에게 던지
며 소리쳤다.

퍽!

무언가 맞는 소리가 났다.

당백지는 조심스럽게 절벽으로 다가갔다.

"<u>흐흐흐</u>. 계집, 또 보자."

"……!"

절벽 아래서 진현의 목소리가 들렸다.

"도망 못 가!"

막 당백지가 진현을 쫓아가려 할 때였다.

쿠콰콰콰!

당백지의 앞쪽에서 거대한 폭음이 터졌다.

깜짝 놀라 뒤를 돌아보니 적우강이 목검을 들고 서 있었다.

"놓쳤네……."

적우강이 한 손으로 입을 막은 채 중얼거렸다.

당백지는 그제야 안심할 수 있었다.

"쿨럭쿨럭! 소저, 언제까지 숨을 참고 있어야 하나요?"

여불범이 간신히 말했다.

"예? 아!"

당백지는 그제야 품에서 옥병을 꺼내어 환단을 세 명에게
나누어 주었다.

"냄새로 봐서는 환각제의 일종인 것 같지만 혹시 모르니

복용하세요. 효과가 있을 거예요."

당백지의 목소리가 무척이나 지쳐 보였다.

진현이 도망갔다는 사실을 인지한 순간 맥이 탁 풀린 것이다.

"흑! 다들… 세, 세 분, 고마워요. 세 분이 아니었으면 저도… 흑……."

당백지는 몸을 덜덜 떨며 울었다.

참고 참았던 눈물이었다.

"……."

적우강은 울고 있는 당백지의 모습을 보며 가만히 서 있었다. 지금까지 여자라고는 모르고 지낸 적우강에게 당백지라는 여인의 모습은 충격이었다.

찡한 느낌이 가슴에 전해졌다.

도망친 진현을 당장이라도 쫓아가 잡아오고 싶었다.

"제길, 그 몸으로 잘도 도망갔군. 적 사제, 뭐 해?"

"예?"

적우강이 깜짝 놀라 주정민을 돌아보자, 주정민이 인상을 쓰며 당백지를 가리켰다.

"아! 소, 소저, 일어나요."

"흑흑……."

"내려가요. 저 아래에 가면 편하게 울 수 있어요."

"……."

당백지가 눈물이 그렁한 눈으로 적우강을 돌아봤다.

다독여 주는 것이 아니라 편하게 울 수 있는 장소를 알려준다는 말에 놀란 까닭이다.

"안 울어도 되고요."

"……."

"사형들, 어떡하죠?"

적우강이 빤히 쳐다보는 당백지의 시선을 외면하며 주정민과 여불범을 찾았다.

그러나 두 사람이라고 알려줄 말은 없었다.

골치 아픈 일은 떠맡기는 것이 좋았다.

"험, 험. 어쩌다 그런 녀석에게 쫓기게 됐어요?"

주정민이 화제를 돌려주었다.

그러자 당백지의 안색이 다시 어두워지며 자리에서 일어났다. 진현을 공격했던 암기통의 암기들을 담기 위해서였다.

"…점창파에서 열리는 비무대회 구경하러 왔다가 이렇게 됐어요."

"혼자서 오셨나요?"

"아니요. 일행이 있었는데……."

당백지는 잠시 말을 멈췄다.

조금 전의 일들을 다시 떠올리게 됐기 때문이다.

여불범이 주정민의 등을 때렸다.

"왜?"

"우린 먼저 내려가자. 적 사제, 소저를 잘 모시고 내려와."

"예. 예?"

적우강은 깜짝 놀라 두 사람을 부르려 했지만 두 사람은 홀쩍 절벽 아래로 몸을 날려 버렸다.

"……."

"……."

· 적우강과 당백지의 눈이 부딪쳤다.

"괜찮겠어요?"

"뭐가요?"

"여길 내려가야 하거든요."

"……."

"제가 부축해 드릴게요."

매일 이곳에서 살다시피 한 적우강에겐 당백지를 안고 내려가는 것은 별로 어려운 일이 아니었다.

적우강은 말이 끝나기가 무섭게 대뜸 한 손으로 당백지의 허리를 감싸고는 아래로 몸을 떨어뜨렸다.

"꺅!"

갑작스런 행동에 당백지는 비명을 지르며 적우강의 목을 양손으로 껴안았다.

"저, 목 좀……."

"예? 어마!"

당백지는 적우강을 껴안고 있는 팔을 모두 놓아버렸다.

휘청.

"꺅!"

양손을 놓았다는 생각에 다시 적우강을 끌어안았다.

적우강은 당백지의 행동에 피식 웃고는 당백지의 손을 잡아 어깨에 올려놓아 주었다. 그리고는 벽에 박힌 목검을 빼내 아래로 떨어져 내렸다.

'새털도 아니고… 여자는 정말 가볍구나.'

적우강은 당백지를 안고 내려가면서 검막을 펼칠 때처럼 몸이 붕 뜨는 것을 느끼곤 얼굴이 자꾸만 붉어지려 했다.

第七章
비무대회

天寬
천마검선
劍仙

적우강이 당백지와 함께 정문에 도착했을 때였다.

일단의 사람들이 계단 앞에 모여 있었다.

모두 말쑥한 차림에 선남선녀들이었다.

"아는 분들이세요?"

당백지가 적우강을 돌아보며 물었다.

그러자 적우강은 고개를 저으며 다른 사형들을 쳐다봤다.

"처음 보는 사람들인데?"

주정민이 대답하며 이마를 긁었다.

계단 앞으로 좀 더 가까이 갔을 때 누군가가 새치름한 목소
리로 당백지를 불렀다.

"당 소저?"

"누구……?"

당백지는 걸음을 멈추며 고개를 갸웃거렸다.

"종남파의 추미미예요. 일전에 사부님을 따라 당가에 방문했을 때 봤잖아요."

"혹시 충허 도인과 함께 오셨던……."

"맞아요!"

추미미는 눈이 크고 귀여운 인상의 여인이었다.

동행을 모두 잃어서 걱정하던 당백지로서는 다행이 아닐 수 없었다. 기억이 났다. 동갑이라며 친하게 지내라던 충허 도인 뒤에 숨던 수줍음 많던 소녀가.

"어머, 그런데 혼자 오셨어요?"

"아니요. 아미파의 교연미 소저와 동행하다가……."

당백지는 말을 하다 말고 눈물을 흘렸다.

"왜, 왜 그러세요?"

"자신을 청성파의 진현이라고 소개한 자가… 음적… 흑… 연미 언니와 아미파의 두 소협이 당하고 저만……."

당백지가 몸을 떨며 눈물을 흘렸다.

"어쩜. 당 소저만이라도 무사해서 다행이에요. 다치신 곳은 없으세요?"

추미미는 조심스럽게 당백지의 찢어진 옷자락을 올려주며 물었다.

"없어요. 다행히 이분들께서 구해주셨어요."

당백지가 뒤쪽을 돌아보며 적우강 등을 가리켰다.

추미미는 잠시 그들을 바라보다 눈을 피하고 말았다.

"이분들은……."

"점창파의 제자 분들이세요."

"아! 아… 모습들이 범상치 않네요."

추미미가 당백지의 손을 잡고 끌어당기며 조심스럽게 말했다. 이상함을 느낀 당백지가 적우강 등을 바라봤다.

"아!"

산발한 머리와 한 번도 깎지 않은 것 같은 수염.

영락없는 괴인들의 모습이었다.

충분히 오해할 소지가 있었다.

"추 소저, 좋은 분들이세요. 적 소협, 종남파의 추미미 소저예요."

"반갑습니다, 추 소저."

적우강 등 여섯 명이 일제히 포권을 취했다.

반응이 너무 격렬해 추미미는 잠시 어리둥절했으나 젊은 목소리와 예의 바른 모습에 웃을 수 있었다.

"혹시 내일 비무대회에 나가는 분인가요?"

"맞습니다."

"그러시구나. 수염을 깎으셨으면 얼굴을 알아볼 수 있었을 텐데……. 아, 이분들을 소개해 드릴게요. 이분은 상관세가의 상관명 공자님, 이 소저는 남궁세가의 남궁청청 소저, 이 도인께선 청성파의 곤묵 도인……."

추미미는 일일이 함께 서 있던 사람들을 소개해 주고는 서로 인사하라는 듯이 양손을 교차시켰다.

그러나 십여 명의 무인들은 가볍게 고개만 끄덕이고는 고개를 돌렸다.

"인사는 올라가서 정식으로 하죠."

십여 명을 대표한다는 듯이 상관명이 짧게 말하고는 앞장섰다. 순간적으로 당백지와 추미미의 표정이 해쓱해지고 말았다.

예의가 아니었다.

"이것……."

"당 소저, 우리는 아직 수련이 남아서 함께 올라가긴 힘들 것 같네요. 먼저 올라가겠습니다. 나중에 시간되면 또 뵙도록 하죠."

구자귀가 당백지의 말을 끊으며 포권을 취했다.

청명각 사형제들은 지금보다 더한 상황을 수도 없이 겪었다. 지난 삼 년 동안 비약의 발전을 한 것은 무공뿐만이 아니라 눈치 역시 크게 는 것이다.

"구, 구 소협, 죄송해요. 알겠어요. 오늘 입은 은혜는 평생을 두고 갚을게요. 부디 내일 좋은 결과 있기를 바라요."

어떤 수련을 하는지 몰라도 계단에 선 여섯 명은 곧추선 자세로 계단을 오르기 시작했다.

뒤에서 보는 적우강의 탄탄한 상체는 당백지의 입가에 묘한 미소를 그리게 만들었다. 허리에 두른 적우강의 상의를 매만졌다.

"당 소저, 저분들은 벌을 받는 것 같은데, 무척 즐거워하네요?"

추미미가 조심스럽게 말했다.

"수련한다고 하지 않았나요?"

"설마요. 저런 수련이 어디 있어요?"

당백지와 추미미가 나누는 대화를 들은 모양이다.

계단을 올라가던 청명각의 사형제들이 갑자기 기합을 넣으며 소리를 질렀다.

"적 사제, 서두르지 않으면 엉덩이를 걷어차 버릴 테니까 알아서 해!"

"그러세요."

"오호, 정말이냐?"

"농담이죠. 나도 앞이 막혀서 못 가고 있다구요."

"앞이 누군데?"

"홍 사형이요."

"홍 사제, 뭐 해!"

"가, 가고 있다고요."

추미미는 괴인들의 대화를 신기한 눈으로 쳐다봤다.

정말로 수련을 하는 것 같았다.

'저 나이에 검막을 펼칠 수 있는 사람이 몇이나 될까? 그러면서 전혀 건방지지도 않아.'

당백지는 자신만 알고 있는 적우강의 실력을 떠올리며 활짝 웃었다.

"당 소저, 점창파에는 제자도 얼마 안 된다고 하던데 저렇게 괴짜들만 있는 건 아니겠죠? 멋진 사람이 있을까 기대하고 왔는데……."

추미미의 목소리는 청명각 사형제들의 외모에 실망했음을 여실히 드러내고 있었다.

"저분들은 수련 때문에 수염 깎을 시간도 없었을지 모르잖아요. 누가 알아요, 수염만 깎으면 엄청난 미남들일지?"

"피. 아닐 거예요. 저 땀투성이 옷 좀 봐요. 미남들은 저렇게 입고 다니지 않는다고요."

"어머, 멋지지 않나요? 나는 무인이라면 저 정도는 돼야 한다고 생각하는데."

"으합!"

당백지의 말이 끝나기가 무섭게 청명각의 사형제들은 또다시 일제히 기합을 지르며 계단을 오르는 속도에 박차를 가했다.

그 모습에 당백지는 절로 웃음을 터뜨릴 수밖에 없었다. 추미미와의 대화를 듣고 있다는 것을 뜻했기 때문이다.

"훈련은 무슨. 내가 보기엔 그냥 계단을 오르는 것밖엔 없는 것 같은데."

"……!"

당백지는 코웃음 치며 짜증을 내는 상관명을 노려봤다. 상관명의 입장에서 보면 그럴 수 있을지라도 대놓고 저렇게 말하는 건 예의가 아니었다.

"상관 공자의 말이 맞아요. 괜히 구경하러 왔나 봐요. 땀냄새가 여기까지 나는 것 같네. 윽, 드러."

기다렸다는 듯 남궁청청이 코까지 막으며 고개를 절레절레 흔들었다.

"단순히 계단을 오르는 것만으로는 저렇게 땀이 날 리 없어요. 봐요. 우리들 중에 땀 흘리는 사람이 있나."

당백지가 남궁청청의 말에 반박했다.

남궁청청은 무슨 말인가를 하려다 그냥 고개를 돌리고 말았다.

'왜 저러지?'

당백지는 남궁청청의 오만방자한 말에 청명각 사형제들을 돌아보며 미안한 표정을 짓고 말았다. 때마침 적우강도 고개를 돌리는 중이라 둘은 눈이 마주치고 말았다.

"……."

"……."

당백지를 돌아보는 적우강의 자세는 한 점 흐트러짐이 없었다. 고개만 돌린 채 몸은 여전히 계단을 오르고 있었다.

"적 사제, 보조 안 맞춰? 너 때문에 처음부터 다시 할까?"

뒤쪽에서 구자귀의 음성이 터졌다.

그제야 정신을 차리고 뒤를 돌아보자 언제 이렇게 많이 왔는지 혼자서만 앞서 있었다.

앞서 가는 당백지를 따라가려다 속도를 낸 모양이다.

"죄송합니다, 구 사형."

적우강은 급히 아래로 내려와 보조를 맞추며 천천히 계단을 올라갔다.

정문으로 들어섰을 때다.

당백지가 다른 사람들과 마찬가지로 배첩을 건네며 주위를 둘러보는 모습을 볼 수 있었다.

입구에서 손님을 맞이하는 십오륙 세가량의 소년은 무복으로 허리를 감싼 당백지의 옷차림에 적이 당황한 듯 얼굴까지 붉어지며 고개를 들지 못했다.

적우강은 그 모습에 혼자 킥킥대며 웃었다.

이때, 뒤를 돌아보는 당백지와 눈이 마주쳤다.

당백지가 입모양으로 '열심히 하세요' 라고 말했다.

긁적긁적.

적우강의 대답은 머쓱하게 머리를 긁는 것이 전부였다. 입구를 지키고 있던 와룡각의 녀석들이나 지나치며 마주치는 녀석들은 청명각의 사형제들을 봐도 항상 그래 왔듯이 모른

척 고개를 돌렸다.

이제는 익숙해져서 그런 것 정도는 신경 쓰지 않아도 되련만 당백지라는 여인 때문에 은근히 기분이 나빠지려 했다.

'이분들은 왜 적 소협 등을 외면하는 거지?'

당백지는 서로들 모른 척 지나치는 사람들을 보며 이해할 수 없었다.

사형제 간이면 당연히 서로 인사를 주고받아야 하건만 방명록 앞에 앉아 있던 소년을 비롯해 안내를 해주려는 청년까지 누구도 청명각의 사형제들에게 인사를 건네는 사람이 없었다.

청명각 사형제들이 오른쪽 길로 모습을 감출 때까지 이 묘한 분위기는 계속해서 이어졌다.

"저기……."

당백지가 청년을 불렀다.

"예, 소저?"

"저분들은 점창파의 문하가 아닌가요?"

"청명각에 있는 사람들입니다."

청년의 대답은 부자연스러웠다.

'청명각? 점창파가 아니라 청명각이라고?'

"저 꼬질꼬질한 사람들이 혹시 내일 비무대회에 나오는 것 맞나요?"

남궁청청이 냄새가 난다는 듯이 손을 저으며 물었다.

청년의 태도와 분위기로 봐서 그럴 것이라 판단한 모양이다.

"…나옵니다."

"나온다고요?"

남궁청청이 인상을 쓰며 청년을 쳐다봤다.

그 모습에 당백지의 입가에 고소가 지어졌다.

"이상하네요. 저분들도 소협과 사형제지간이 아닌가요?"

"…맞습니다, 명분상으로는."

"명분상으로는?"

청년의 마지못한 대답이 당백지의 호기심을 더욱 자극했으나 청년이 더 이상 말을 잇지 않고 다시 걸음을 옮기는 바람에 묻지는 못했다.

청명각의 사형제들과 사이가 좋지 않은가?

이때만 해도 그 정도일 거라 생각하고 말았다.

"이쪽으로 오시지요."

청년이 방향을 가리키며 보챘다.

"저기, 잠시 옷 갈아입을 장소에 들렀다가 가면 안 될까요?"

추미미가 당백지의 소매를 잡아끌며 귀여운 말투로 청년을 붙잡았다. 청년은 알았다며 빈 공간으로 먼저 안내해 주었다.

"이상하다. 어디서 봤지?"

적우강은 청명각으로 돌아온 뒤 가만히 있질 못하고 계속해서 주위를 서성거렸다. 평소에는 볼 수 없던 모습이라 사형들이 한 명씩 다가와 앉았다.

"적 사제, 왜 그래?"

가대건이 물었다.

"아니에요."

"그 여자 때문이지?"

"누구요?"

"당 소저."

"에이, 그런 거 아니에요."

"그래? 이상하네?"

가대건은 흥미를 잃었다는 표정으로 자리에서 일어났다.

"별일 아니면 됐고. 다치지 않아서 다행이다."

구자귀가 마지막으로 적우강의 등을 두드려 주었다.

"다칠 리가 없잖아요."

"그럼! 그럴 리가 없지."

구자귀의 목소리에는 진심이 담겨 있었다.

실제로 적우강을 다치게 할 사람이 점창과 내에는 없다고 믿는 구자귀였기 때문이다.

"왜 하필 너냐!"

일어났던 가대건이 갑자기 소리쳤다.

"에?"

"당 소저 같은 미인이라면 나도 목숨 걸고 지켜줄 수 있다고. 왜 하필 그때 거기에 있어가지고. 에이, 사제 한 명 있는 게 분위기 파악도 디지게 못해. 쳇."

가대건은 심통을 부리고는 뒤로 발랑 누웠다.

적우강은 픽 웃으며 기지개를 켰다.

진현을 어디선가 본 것 같다는 생각을 했으나 그럴 리가 없기 때문이다.

당백지 등의 안내를 맡은 청년이 장문인 집무실 앞에 멈춰서서 보고를 올렸다.

"장문대행님, 손님들이 오셨습니다."

"안으로 모셔라."

문이 열리고 안쪽에 자리한 반백의 노인이 보였다.

그 안에는 당백지의 숙부인 당가환이 침이 마르도록 칭찬했던 점창파의 숨은 기인이 앉아 있었다.

"백지야, 점창파에 가거든 반드시 서벽풍 장로를 만나보아라."

"누군데요?"

"점창파의 숨은 기인."

"고수예요?"

"지금까지 한 번도 자신의 실력을 드러내지 않았다고 하니 얼마나 강한지는 모르겠다."

당가환은 자존심이 강한 사람이었다.

그런 사람이 칭찬을 아끼지 않을 정도의 고수가 눈앞에 있는 것이다.

"어서들 오시오."

서벽풍이 자리에서 일어나며 반갑게 맞아주었다.

"저는 당백지라고 해요. 당가에서 왔습니다. 숙부님의 함자가 당 가 자, 환 자를 쓰시는데 서 장문대행님을 꼭 뵈라고 하셨습니다."

"당 대협께서 과한 칭찬을 한 모양이오. 허허허."

서벽풍은 손을 저으며 손녀를 대하듯 자상하게 웃으며 당백지의 말을 받아주었다. 사실 당가환이 누군지 모르기에 대충 얼버무리려는 것이다.

"장문대행님, 저 상관명이 한 말씀 드릴까 합니다."

"말하게."

"당 소저가 오는 길에 음양공자란 음적을 만났다고 합니다. 계곡 건너편에서 만났다고 하니 지금 움직이면 잡을 수 있을 것 같습니다."

상관명은 당백지의 마음을 조금도 염두에 두지 않고 하고 싶은 말을 주저없이 늘어놓았다.

"음양공자?"

서벽풍이 당백지를 돌아봤다.

하지만 이번에도 상관명이 나섰다.

"최근에 사천성 일대에서 아녀자를 강간하고 다니는 자입니다. 특이한 것은 강간한 아녀자들의 피가 모두 사라진다고 합니다."

"피가 사라진다?"

"무림맹에서 나온 정보에 의하면 음양공자가 묵혈음수공을 익힌 것이 아닐까 싶습니다."

"묵혈음수공은 또 뭐지?"

"마중천의 마공으로 마인들조차 익히길 꺼려하는 마공입니다. 장문대행께서도 아시다시피 인간의 피는 때론 극독과 마찬가지잖습니까."

정문 아래 계단에서는 아는 척도 안 하던 상관명이 어느새 서벽풍과 대담을 나누고 있다는 표정으로 잘도 입을 열었다.

당백지와 추미미는 상관명의 모습에 기가 찬 표정을 지을 수밖에 없었다.

"음적은 어떻게 됐소, 당 소저?"

"위기의 순간에 다행히 장문대행님의 제자들을 만나 도움을 받았어요. 하지만… 아미파의 교연미 소저와 두 소협이 그자의 손에 죽었어요……."

당백지의 목소리가 금방 우울해지고 말았다.

"장문대행님, 저는 종남파의 추미미라고 해요. 그 사람들의 시체를 수습해서 아미파로 보내주실 수 있을까요? 그래야 당 소저도 마음을 덜 것 같네요."

소심한 목소리로 용기를 내서인지 추미미의 목소리가 불안정하게 떨렸다.

"그래야지요. 그리하도록 이르겠소. 허허."

서벽풍은 안타까운 표정으로 혀를 차며 말을 이었다.

"당 소저의 마음은 충분히 그들에게 전해졌을 거요. 너무 슬퍼하지 마시오."

"감사합니다."

당백지는 숙연해지고 말았다.

"한데, 구해줬다는 제자들이 누구였소?"

"적우강 소협과 사형들이에요."

"계곡 쪽이면 녀석들이었을 거요. 얘기가 길어졌구려. 제자가 방으로 안내해 줄 겁니다. 안내해 주거라."

"예, 장문대행님."

이곳까지 안내한 청년이 대답했다.

"참! 장문대행님, 한 가지 여쭤봐도 괜찮을까요?"

당백지가 돌아서며 물었다.

"물어보시구려."

"이번 대회의 결과로 점창파의 장문인이 정해진다고 들었어요. 사실인가요?"

"맞소."

"하면 최연소 장문인이 되는 거네요?"

"오해가 있구려. 제자들 중에 장문인이 나오는 것이 아니라 장로들 중에 나온다오. 제자들 중 우승한 아이에겐 사천비무대회 출전 자격을 주게 되오."

서벽풍은 조금의 가식도 없이 모두 설명해 주었다.

대단한 자신감이 아닐 수 없었다.

점창파는 외부에 알려진 정도의 문파가 아닐지도 모른다는 생각이 당백지의 머릿속에 떠올랐다.

* * *

날이 좋았다.

적우강은 오늘도 여느 날과 똑같이 일어났다.

청명각 앞에 놓인 바위는 그대로였지만 주위에 있던 구멍은 사라지고 없었다.

사형제들이 각자의 위치에 섰다.

그러나 삼 년 전과는 완전히 다른 자세였다.

손을 집어넣는 것이 아니라 발등을 바위 아래에 밀어 넣은 것이다.

비무대회가 있는 날이라는 것은 잊지 않았는지 모두들 수염도 깎고 머리도 단정하게 묶었다.

적우강은 사형들의 모습을 보며 희미하게 웃었다.

서로 말쑥한 모습을 보는 것이 어색한지 머쓱해했다.

"오랜만에 사형들 얼굴을 보니까… 잘생겨 보이네요. 다들 멋져요."

긴장을 풀어주려 일부러 꺼낸 말이었다.

적우강의 말에 다섯 사형들이 일제히 픽 하고 웃었다.

"여러 말 하지 말고 빨리 들기나 하자."

구자귀의 말이 끝남과 동시에 여섯 명의 입에서 가벼운 기합 소리가 터져 나왔다.

들썩.

발등으로 바위가 땅에서 떨어지자 여섯 명의 자세가 낮아지며 바위를 허공으로 들어 올렸다.

땅에서 올라온 바위의 모양이 이상했다.

바닥이 평평했던 예전의 그 바위가 아니었다.

울퉁불퉁한 형태였다.

구자귀가 서 있는 곳과 홍만이 선 곳의 높낮이가 크게 차이가 나 있었다.

각자 자세를 잡을 수 있도록 만든 것이다.

쿵!

가볍게 호흡을 뱉은 여섯 사형제들 사이로 먼지가 일었다.

"적 사제도 좀 잘생겨 보이긴 한다."

가대건이 지나가며 한마디 건넸다.

입가에는 웃음이 걸려 있었다.

"가 사형 얘기는 안 했는데……."

"……."

"너, 이리 와!"

"하하하! 왜요? 솔직하게 말한 것도 죈가요?"

"일단 와."

"싫어요. 사형들, 계단으로 먼저 갈 테니 가 사형 좀 말려 주세요. 하하하!"

오늘이라고 다르지 않았다.

옥신각신하면서 청명각의 하루가 열렸다.

적우강과 다섯 사형들이 비무대회 장소인 연무장에 도착하자, 웅성거리던 소음이 일시에 사라지며 침묵이 흘렀다.

벌써 많은 사람들이 먼저 와서 기다리고 있었다.

대부분은 와룡각의 제자들이었지만 처음 보는 얼굴도 군데군데 보였다.

마련된 비무대 앞에 곽일비와 장로들의 제자들로 추정되는 청년들이 가소롭다는 눈빛을 하고 쳐다봤다. 그 뒤에 한발 물러서 있는 여섯 명 역시 같은 눈빛들이었다.

"쟤네들은 눈으로 하는 싸움을 수련했나, 왜 저렇게 째려 봐? 눈을 콱!"

가대건의 장난스런 말투에 그제야 청명각의 사형제들 입

가에 웃음이 피어났다.

"장문대행님이 나오실 테니 곤란한 상황은 금물이다, 가대
건. 다른 사제들도 명심해."

구자귀는 사제들을 일렬로 세우면서 가대건의 명치께를
툭 건드렸다.

모두 나란히 서자 제단 위로 서벽풍이 모습을 드러냈고, 그
뒤를 이어 강효와 동태문 등 일곱 명의 장로들이 자리를 차지
했다.

"허허허, 오늘은 삼 년 전에 약속했던 비무대회가 열리는
날이다. 그동안의 수련 성과를 유감없이 발휘했으면 한다. 아
울러, 약속한 대로 오늘의 우승자가 사천비무대회에 출전하
게 된다."

서벽풍이 자리에 앉으려 할 때 강효가 앞으로 나서며 할 말
이 있는 표정으로 쳐다봤다.

"하실 말씀이 있으십니까, 강 장로님?"

"와룡각과 청명각의 인원은 똑같이 여섯 명이오."

"그건 이미 알고 있습니다."

"대회를 열기 전에 한 가지 확인할 것이 있소, 장문대행.
일비 등은 이번 대회에 출전할 자격이 있는지 검증을 받았소.
층층만압석을 가져오너라."

"층층만압석?"

서벽풍이 인상을 찌푸렸다.

강효가 제자들을 시켜 가져오게 한 돌은 의자 정도의 크기
였다.

"돌에 흔적을 남기는 것이 무슨 의미가 있다고……."

"장문대행은 지금 청명각 아이들 편을 드는 게요?"

"그런 것이 아닙니다."

서벽풍은 청명각 사형제들을 돌아봤다.

"하겠느냐?"

"다녀오겠습니다."

서벽풍의 말이 떨어지기가 무섭게 청명각 사형제들이 자
리에서 움직였다.

구자귀가 제일 먼저 층층만암석을 노려보며 섰다.

그 모습에 연무장 주위에서 비웃는 소리와 웃음소리가 꼬
리에 꼬리를 물고 이어졌다.

"오, 제법 당당한데? 저러다 흔적도 남기지 못하면 그 창피
함을 어떻게 감당하려고 저러지?"

"그것보다 저기서 힘을 다 빼고 나서 쓰러지는 거 아니
야?"

"풉풉풉."

"낄낄낄."

청명각의 사형제들을 바라보는 그들의 대화에는 적의가
담겨 있었다. 마치 마도의 문파가 원정이라도 온 것처럼 야유
까지 퍼붓는 모습은 대회를 구경하러 온 사람들을 당황하게

만들었다.

'같은 사형제들 아니었나?'

당백지는 청명각 사형제들이 수염을 깎고 머리를 단정하게 넘겼지만 누가 누군지 한눈에 알아볼 수 있었다. 맨 마지막에 선 청년은 상하의 색이 달랐다. 적우강이었다.

대회가 시작되려면 아직 시간이 있었지만 목숨을 구해준 은인인 적우강을 응원하기 위해서라면 더 일찍도 나올 수 있었다.

"아웅. 당 소저, 왜 이렇게 일찍 왔어요?"

"어머, 추 소저?"

"당 소저가 일어나기에 쫓아왔어요."

추미미가 귀여운 표정을 지으며 쳐다봤다.

"어제 도와준 사람들이라 응원하러 왔는데 분위기가 영 아니네요."

"그러게요. 다들 저분들을 싫어하나 봐요. 왜 그럴까? 수염 깎고 머리 동여매니까 보기 좋은데. 특히 저 사람이요. 괜찮죠, 당 소저? 히히."

추미미가 가리키는 사람은 머리카락으로 얼굴 반쪽을 가린 주정민이었다. 훤칠한 키에 주위의 야유 따위는 신경도 안쓰는 당당함이 마음에 든 모양이다.

"추 소저, 저분들이 왜 저기에 나란히 섰는지 알아요?"

"저 돌에 대해 들은 기억이 있어요. 별다른 관문 없이 무공의 성취 정도를 알려주는 돌이에요. 저 돌에 흔적을 남기려면 검기를 사용해야 한다죠? 아마 제 기억이 맞을 거예요."

"검기요? 신기한 돌이네?"

"신기한 돌보다는 비무대회에 앞서 흔적을 남기겠다고 선 사람들이 더 신기하네요. 당 소저, 저분들… 흔적을 남기겠 죠?"

"풋."

당백지가 갑자기 짧은 웃음을 터뜨렸다.

진현을 상대할 때 봤던 적우강 등의 실력을 잘 아는 까닭이 다.

"왜요? 왜 웃으세요?"

"저분들이 흔적을 남기고 못 남기고를 떠나서 다들 너무한 다는 생각이 들어서요."

"뭐가요?"

"대회 당일에 저런 시험을 거치게 한다는 것 자체가 우습 잖아요. 다들 미운털이 박혀도 단단히 박혔네. 뭐, 그래도 크 게 걱정은 안 돼요."

당백지가 주위의 시선은 아랑곳하지 않고 말하자 추미미 가 급히 당백지의 소매를 끌어당겼다.

"왜요?"

"당 소저, 정말 아무것도 몰라요?"

"뭘요?"

"저분들에 대해서요."

"알아요. 저분들 덕분에 위험에서 벗어났는걸요."

"그런 것 말고요. 이번 비무가 실제로는 점창파 장문대행과 장로들의 대결이나 마찬가지래요. 점창파에서 청명각의 제자들은 버려졌다는 소문이 파다해요."

"에이, 설마요."

"어머, 상관 공자나 남궁 소저의 표정 못 봤어요? 저분들을 벌레 보듯이 했잖아요. 다 이유가 있는 거라고요."

"……."

추미미가 거짓말을 할 리 없었다.

그중 반만 사실이라고 쳐도 적우강 등이 받았을 불합리한 대우가 떠오르자 당백지는 괜히 마음이 좋지 않았다.

이때, 갑자기 연무장 전체가 쥐 죽은 듯 잠잠해졌다.

'뭐지?'

"모두 통과입니다!"

층층만압석을 살피던 제자가 큰 소리로 외쳤다.

"어머!"

당백지는 손을 맞잡으며 자신도 모르게 기뻐했다.

옆에서 추미미도 덩달아 폴짝폴짝 뛰었다.

"강 장로님, 됐습니까?"

서벽풍이 웃으며 강효를 돌아봤다.

강효는 억지로 웃는 표정을 지었다.

"제법 실력들이 늘었군."

강효가 자리에 앉자 곧바로 첫 번째 대결을 알리는 징 소리가 연무장에 퍼졌다.

지잉—

청명각 사형제들과 와룡각 제자들이 한 발 앞으로 나서며 제단을 향해 포권을 취했다.

"주정민."

"고만."

두 사람은 짧게 서로의 이름을 말한 후 목검을 수평으로 내렸다.

연무장을 둘러싸고 있던 사람들은 이미 청명각의 사형제들이 층층만압석에 흔적을 남길 때부터 침묵하고 있었다.

혹시나 청명각에서 첫 승을 가져갈지도 모른다는 불안함이 그런 식으로 표현된 것일지도 몰랐다.

"장로들께선 누가 이길 것 같습니까?"

서벽풍은 아직 시작하지 않은 시합을 보며 의뭉스럽게 물었다.

"글쎄, 청명각의 저 녀석……."

"주정민입니다. 말이 없지만 꽤나 열심히 수련에 임하던 녀석이지요."

"험. 그렇군. 주정민, 저 아이의 자세는 나쁘지 않군. 하나 비무는 자세로 승패 여부를 가리는 것이 아니다."

강효가 묘한 어감을 뱉어냈다.

"동 장로님도 같은 생각입니까?"

서벽풍은 강효가 어떻게 대답할지 이미 예상하고 있었다. 이번엔 동태문에게도 같은 질문을 던졌다. 물론 다른 대답이 나올 것이란 기대는 애초에 하지 않았다.

"고만은 어릴 때부터 삼장로의 지도를 받은 제자요. 당연히 우세하지 않겠소, 장문대행?"

"글쎄요."

서벽풍은 동태문의 대답에 고소를 지었다.

고만의 자세는 나쁘지 않았으나 주정민과 싸우기엔 모자람이 있어 보인 까닭이다.

비무는 몇 초 지나지 않아 주정민이 일방적으로 고만을 몰아붙였다.

주정민의 무공은 오직 한 가지였다.

현천일검을 구성하고 있는 현천삼식.

그중 제일식 발현만을 펼치고 있었다.

고만은 계속해서 뒤로 물러서다 결국 비무대 끝까지 가고 말았다. 하나 중요한 것은 밀렸을 뿐이지 눈에 보일 만한 타격은 입지 않았다는 것이다.

"현천일검의 위력은 하체에서 나온다고 해도 과언이 아니지요. 주정민의 발놀림이 무척 안정되어 있군요."

"느린 것일 수도 있지. 너무 칭찬만 하지 마시구려."

강효가 서벽풍의 말을 비꼬며 한마디 툭 던졌다.

불편한 심사를 내비친 것이다.

시합은 연무장에서만 벌어지고 있는 것이 아니었다.

따악.

경쾌한 소리와 함께 주정민이 고만을 다시 몰아붙이기 시작했다. 하지만 고만 역시 당하고만은 있지 않았다. 나름 방어를 제대로 해낸 것이다.

시간이 다 됐다.

"결과를 발표하시지요, 강 장로님."

서벽풍은 모든 결정을 장로들에게 맡긴다고 했기에 판정에 간섭하지 않으려 고개를 연무장 쪽으로 돌렸다.

"첫 대결의 승자는……."

'주정민 녀석, 많이 늘었군.'

서벽풍은 주정민의 승리를 의심하지 않았다.

"고만의 승리!"

강효가 연무장 전체에 들리도록 큰 소리로 발표했다.

"……!"

서벽풍의 눈이 동그래지며 강효를 쳐다봤다.

누가 봐도 주정민의 승리가 분명했다.

발표를 하고 자리에 앉는 강효의 표정은 당당했다.

서벽풍은 화가 났으나 참을 수밖에 없었다.

아직은 화를 낼 때가 아니었다, 아직은.

두 번째 시합은 청명각의 여불범과 와룡각 오량의 시합이었다.

'사형들, 시합을 공평하게 치르겠다던 생각은 없어진 겁니까? 청명각 아이들을 인정하지 않겠다는 겁니까? 이 무슨 독선입니까?'

서벽풍은 비무대로 나가는 여불범을 불러 한마디 언질을 건네고 싶었다.

누가 봐도 네 승리가 분명하도록 만들어라!

이 말을 해주고 싶었다.

하지만 여불범과 오량은 똑같이 점창파의 제자였다.

지잉—

징이 울리고 시합이 시작됐다.

"강 장로님, 이번에는 어떨 것 같습니까?"

"이번에는 첫 번째 시합과 다를 것 같구려."

"다르다? 어떻게 말입니까?"

"오량의 기량은 점창파 전체를 놓고 본다면 다섯 손가락 안에 드네. 고만은 힘겹게 승리했으나 오량은 압도적인 승리를 할 것일세."

"예? 지켜보면 알겠죠."

서벽풍은 이미 두 제자가 서 있는 자세만으로 결과를 예측할 수 있었다. 방어를 준비하는 오량과 언제든 달려나갈 기세의 여불범의 대결은 시작부터 정해진 것이나 다름없었다.

"동 장로, 역시 오량의 기량은 뛰어나군."

"단연 으뜸이라 할 만합니다, 강 장로님."

강효가 먼저 말을 꺼내자, 약속이나 한 듯이 동태문이 호응을 했다. 두 사람은 이번엔 무슨 일이 있어도 오량이 이길 거라 자신하는 듯했다.

그러나 서벽풍의 예상대로 시합은 여불범의 일방적인 공격으로 일관됐다. 비록 오량을 기절시키거나 실신시키지는 못했지만 누가 봐도 승리했음을 알 수 있었다.

"이번 시합은… 오량의 승리!"

"……!"

서벽풍은 하마터면 자리에서 일어설 뻔했다.

조금 전의 시합과 같은 결과라니?

"허허허."

결과를 발표한 강효를 보고서 어이없는 웃음을 지을 뿐이었다. 그나마 서벽풍이 위안을 삼을 수 있는 것은 시합에 나온 청명각의 사형제들이 결과에 따르는 모습이었다.

손으로 눈을 가린다고 하늘이 다 가려지는 것은 아니었다. 시합을 지켜보던 연무장의 어린 제자들이 웅성거렸다. 와룡각 사형들이 우습게 여기던 청명각의 사형제들이 한 번도 아니고 두 번이나 승기를 잡았다는 것을 믿을 수 없었던 것이다.

"청명각의 구자귀와 일장로의 제자 육무기는 앞으로 나오너라."

세 번째 시합에 나올 사람 둘이 호명됐다.

청명각 사형제들은 구자귀의 이름이 호명되자 일제히 돌아보며 기대에 찬 눈으로 쳐다봤다.

호명된 두 사람의 키는 차이가 컸다.

육무기는 머리 하나는 작은 구자귀를 보며 자신만만해하며 눈싸움을 벌였다. 담담한 눈으로 받아주던 구자귀의 눈동자가 옆으로 움직였다.

팽팽하던 줄이 끊어진 순간 육무기는 놓치지 않았다.

'기회다!

쉭.

육무기는 목검으로 구자귀의 목을 찔러갔다.

딱.

구자귀는 목검을 사선으로 올려 육무기의 검을 막으며 중심만 살짝 이동시켜 육무기의 검을 미끄러지게 만든 후 손목을 내려쳤다.

"아깝겠군. 후후."

육무기가 구자귀의 목검을 막으며 비꼬았다.

"제법이군."

구자귀도 지지 않고 비웃어주었다.

"제법? 그런 말은 니들끼리나 해. 나는 쓰레기들에게 평가받을 사람이 아니다. 이제부터 진짜 검을 보여주지."

"쓰레기?"

구자귀의 눈빛이 차갑게 식었다.

"그래, 쓰레기. 적당히 꿈틀대다 사라져. 장문대행님께 폐 끼치지 말고."

"……!"

구자귀는 결국 뚜껑이 열리고 말았다.

현천삼식 제일식 발현.

쫓아가는 초식이었다.

계단을 오르듯 발을 놀려 육무기를 쫓아갔다.

물러서는 육무기를 다시 쫓아갔다.

"어림없다."

매일같이 바위를 짊어지고 단련시킨 구자귀의 보법은 무척 안정되어 있었다. 움직이면서 검을 사용했다.

휙!

'저, 저 자세에서 검을 뻗어?'

육무기는 막을 생각도 못하고 속으로 기함을 지르며 급히 몸을 틀어 들고 있던 목검을 횡으로 그었다.

"느려."

"……!"

육무기는 옆에서 들리는 구자귀의 차가운 음성으로 한 가지 초식을 떠올릴 수 있었다.

홍—

육무기는 재빨리 몸을 뒤로 젖혀 무릎을 굽힌 상태로 목검을 막았다.

　위쪽에서 공격하는 구자귀의 얼굴이 똑똑히 보였다. 아니, 보였다 싶은 순간 육무기의 이마로 구자귀의 목검이 내려왔다.

　빠각!

　"억!"

　육무기는 머리를 감싸며 데굴데굴 굴렀다.

　단 세 번.

　구르던 몸을 일으켜 세워 아직 싸울 수 있다는 표시를 했지만 구자귀는 이미 중앙으로 걸어가고 있었다.

　옷 어디에도 흙이 묻어 있지 않았다.

　"…구자귀, 승."

　발표하는 강효의 표정이 밝지 않았다.

　톡톡.

　"응? 어? 당 소……."

　적우강은 뒤를 돌아보다 깜짝 놀랐다.

　당백지가 장난스런 표정으로 긴 손가락을 펴 입에 댔다.

　"쉿. 이 옷으로 바꿔 입어요. 옷이 없으면 찾으러 오든지 해야지, 무복 상의와 하의가 짝짝이잖아요."

　당백지는 못마땅한 표정으로 말했다.

"겨우 그것 때문에 온 거예요?"

"겨우라니요? 얼마나 이상한지 알아요? 보다 못해 챙겨갖고 왔어요."

"괜……."

"아, 그리고… 시합, 잘하세요. 물론 이기겠지만요."

당백지는 엄지손가락을 슬쩍 들어 올리고는 조용히 돌아갔다.

"……."

적우강은 당백지가 사라질 때까지 바라봤다.

그냥 버려도 그만인 땀내 나는 옷을 가지고 있었다는 사실도 좋았지만 직접 가져다주기까지 하는 그녀의 자상함에 가슴이 두근거렸다.

옷을 든 채로 잠시 주저했다.

"고민하지 말고 갈아입어. 아무도 못 들었어."

옆에서 다 들은 모양이다.

주정민이 조용히 말했다.

평소 말수가 적은 주정민의 한마디는 꽤 의미가 컸다. 말을 듣지 않으면 가만두지 않겠다는 뜻에 다들 동참하기로 했는지 사형들이 위협적으로 돌아봤다.

"지, 지금 갈아입으려고 했어요."

적우강은 멋쩍은 표정으로 재빨리 갈아입었다.

"쳇. 옷 색깔이 어색하다고? 그건 적 사제를 계속 지켜봤다는 거잖아? 이거 은근히 열받네."

가대건이 툴툴거리며 말을 꼬았다.

옷을 갈아입은 적우강이 팔을 들어 옷의 이곳저곳에 코를 대며 냄새를 맡았다. 익숙한 땀내 외에 다른 향기가 나는 까닭이다.

'이 향기… 좋다.'

절벽에서 당백지를 안고 내려올 때처럼 몸이 붕 뜬 기분이 됐다.

"좋냐?"

"예?"

"좋냐고."

가대건에 이어 주정민과 여불범이 질투 어린 눈으로 쳐다봤다.

적우강은 더 이상 이곳에 있다가는 안 될 것 같아 조용히 자리에서 일어났다.

"내 옷을 벗어줄걸."

"내 말이."

주정민과 여불범의 심통난 목소리가 뒤에서 들렸다.

第八章
음양공자의 정체

"으아아악!"

와룡각 지하에서 비명이 터졌다.

돌그릇에 손을 담은 채 몸을 부들부들 떨고 있는 청년은 곽일비였다.

"적우강… 이 개새끼! 묵혈음수공까지 익힌 내 손을 뭉갰겠다?"

곽일비는 죽은 시체에도 새살이 돋게 한다는 개벽천안수에 손을 담근 채 이를 갈았다. 바닥에는 얇은 인피면구가 놓여 있었다.

우드득.

손가락이 원래의 형태로 돌아오고 있었다.

"역시 피는 좋아. 흐흐흐."

곽일비의 시선이 밀실 한쪽을 쳐다봤다.

그곳에는 하얀 나신이 놓여 있었다.

남궁청청의 시신이었다.

그녀를 이곳으로 데려오는 것은 너무나 쉬웠다. 아니, 그녀가 원하는 장소가 이런 곳이었다. 잘생긴 외모에 뭔가를 숨기고 있는 곽일비의 눈빛과 말투에 넘어와 이곳까지 제 발로 걸어왔다.

그녀의 음기와 피 덕분에 묵혈음수공이 한 단계 올라선 것 같았다. 개벽천안수로 손까지 치료했으니 복수를 할 일만 남았다.

곽일비는 손을 몇 번 주억거리다 지하 밀실을 빠져나갔다.

"다쳤다더니?"

방으로 들어가자 동태문이 기다리고 있었다.

"동 장로님, 오셨습니까?"

"그래. 어딜 다쳤는지 한번 보자꾸나."

"지금은 괜찮습니다."

곽일비는 손을 뒤로 뺐다.

"손? 손을 다친 게냐? 이번 비무가 얼마나 중요한지 알잖느냐."

"지금은 괜찮습니다."

"정말이냐?"

동태문의 걱정은 곽일비의 손이 아니었다.

이번 비무대회에서 청명각 사형제들에게 지기라도 하는 날에는 서벽풍에게 장문인의 자리를 내줘야 하기 때문이다.

동태문은 곽일비에게 다가가 어깨를 두드려 주었다.

"최악의 경우 사용하시겠다고……."

"그것에 대해선 말하지 않겠다고 하지 않았느냐?"

"죄송합니다."

"그건 어디까지나 최악의 상황일 때의 일이다."

'나는 알고 있소. 당신들이 이미 장문대행한테 탈로미망산(脫路未忘酸)을 사용했다는 것을. 후후후.'

한 번 사용한 내공을 다시 사용할 수 없게 마비시키는, 독은 아니되 때론 독보다 더 무서운 위력을 발휘하는 약이었다.

"가마."

동태문은 한 번 더 곽일비의 어깨를 두드려 주고는 방을 나갔다.

'당가의 계집 맛을 빨리 보고 싶구나. 그분이 오시면 어차피 그렇게 되겠지만. 흐흐흐.'

곽일비는 당백지 생각만으로도 입에 침이 고였다.

이제 그분을 영접할 준비를 해야 했다.

*   *   *

삼 년이란 시간 동안 청명각의 아이들이 얼마나 많은 발전을 이루었는지 아무도 인정하려 들지 않았다. 눈으로 뻔히 보고 있으면서도 모른 척 외면한 것이다.

'양쪽 모두 비슷한 실력으로 보이지만 초식의 운용에서는 그 차이가 너무도 명백하다. 현천일검로의 뛰어남이 입증됐거늘 사형들은 어찌 고집을 부리시는가?'

서벽풍은 착잡한 눈으로 장로들을 바라봤다.

육무기는 아직 기초가 모자랐다.

초식을 수없이 연습한 티는 나지만 매 초식마다 뿌리를 내려야 하는 기초가 없었다. 전통적인 수련 방법의 문제점이었다. 일정한 경지에 오르기 전에는 응용은 꿈에 불과했다. 초식을 많이 안다고 좋은 것은 아니었다.

기초가 몸에 배어야 진정한 초식의 위력이 실릴 수 있는 것이다.

'구자귀 녀석, 많은 성취가 있었구나. 육무기를 이긴 건 당연한 거지만 정말 많이 늘었어. 후후후.'

장로들을 보다가 청명각의 사형제들을 보자 절로 웃음이 나왔다. 자세를 잡아주고 수련하는 방법을 알려주었지만 스스로 노력하지 않으면 쌓이지 않는 것이 실력이었다.

정오가 가까워 왔다.

청명각의 사형제들은 항상 그래 왔듯이 점심을 주먹밥으로 해결했다. 하루의 대부분을 움직이면서 보내는 그들에게 주먹밥만큼 용이한 음식은 없었다.

"웩!"

주먹밥을 잘 먹던 여불범이 갑자기 배를 움켜쥐며 헛구역질을 해댔다.

"왜 그래? 무슨 일이야?"

구자귀가 소리치며 물었다.

"몰라요. 갑자기 이러네요."

"주먹밥에 이상이 있는 것 아니야?"

"그럴 리가요. 우리는 괜찮은데 여불범만 이상할 리가 없잖아요."

"물을 먹여봐!"

구자귀가 짜증스럽게 소리를 질렀다.

사제들에게 화가 난 것이 아니었다. 모든 것에 짜증이 났다. 시합의 결과를 발표하는 강효에서부터 조작된 판정에 열광하는 연무장의 모든 인간들이 짜증났다.

"왜 저러지?"

당백지가 식사를 하다 말고 일어나 청명각의 사형제들이 식사하는 곳을 바라봤다.

"무슨 일이에요?"

"갑자기 탈이 난 모양인데요?"

"어머, 저 사람은?"

쨍그렁!

추미미가 먹던 그릇을 떨어뜨렸다.

"추 소저, 왜 그래요?"

"조, 조금 전에… 저분을 봤어요."

"어디서요?"

추미미는 놀라서 손을 덜덜 떨고 있었다.

추미미가 그 광경을 보게 된 것은 우연이었다.

식사를 가지러 온 여불범도 꽤 괜찮은 외모였기에 추미미는 관심있게 지켜봤다. 당연히 여불범의 뒤를 따라가는 노인을 보게 됐다.

그때는 별일 아니라 생각했는데 연무장을 반 바퀴나 도는 동안에도 노인은 여불범에게서 떨어지지 않았다.

여불범이 잠시 연무장을 보며 멈춰 섰을 때였다. 노인은 여불범을 향해 손을 뻗는 시늉을 하더니 금방 사라지고 말았다.

그때까지만 해도 추미미는 그것이 암습이란 생각은 전혀 하지 못했다.

"그 노인의 소행이 아닐 수도 있잖아요. 혹시 생김새를 기억해요?"

"예."

"이곳에 있는지 찾아봐 줄래요?"

당백지의 말에 따라 추미미는 연무장을 죽 훑어봤으나 노인이라고는 장로들밖에 없었다. 그들 중에는 노인이 없었다.

"없어요."

"왜 저분을 공격했을까요?"

당백지는 걱정스러운 표정으로 물었다.

추미미가 잘못 봤을지도 모른다는 생각 자체를 하지 않는 듯했다.

"제 말을 완전히 믿는 거예요?"

"봤다면서요?"

"예."

"그럼 맞겠죠."

당백지의 말에 추미미는 감동한 눈으로 바라봤다.

엉뚱하다는 말을 많이 듣는 그녀로서는 당백지의 한마디가 너무 고마웠던 것이다.

"장문대행님, 드릴 말씀이 있습니다."

당백지가 추미미와 함께 제단 앞으로 가서 서벽풍을 찾았다.

"당 소저, 무슨 일이시오?"

"예. 추 소저가 본 것을 말씀드리려고요."

"추 소저가 본 것이라니요?"

"여 소협에 관한 얘기예요. 추 소저, 말씀드리세요."

당백지는 배를 움켜잡고 있는 여불범을 가리켰다.

"여불범? 추 소저, 무엇을 봤소?"

"그, 그게 그러니까요……."

추미미가 입을 뗐을 때였다.

"복통입니다."

추미미의 말을 끊으며 다가오는 청년이 있었다.

추미미는 청년을 보고 얼굴이 붉어졌다.

청년은 추미미의 반응에 이채를 발했다.

잘생긴 얼굴에 늠름함까지 갖춘 나무랄 데 없는 청년의 모습을 한 곽일비였다.

"복통? 누구시죠?"

"곽일비라고 합니다."

입꼬리와 눈꼬리가 말려 올라간 얼굴이 당백지의 눈에 들어왔다. 별로 좋지 않은 인상이었다.

"저는 당가의 당백지이고 종남파의 추미미 소저예요. 이상하군요. 여기에 계셨으면서 어떻게 복통이라고 확신하시죠?"

당백지는 인상을 쓰며 끼어든 곽일비를 쳐다봤다.

"저자를 보고 온 사람이 있습니다."

'저자?'

당백지는 분명히 곽일비가 여불범에게 저자라고 한 말을 들었다.

"복통이 확실한가요?"

"확실합니다."

"그래도 다시 한 번……."

당백지가 말을 이으려 하자 곽일비는 시선을 거두며 제단 쪽으로 돌아섰다.

"장문대행님, 출전하는 제자들과 지켜보는 제자들의 이목이 있는데 더 이상 시합을 진행하는 것은 무의미할 것 같습니다. 이겨도 좋은 소릴 못 들을 게 뻔합니다."

"네가 이길 것이라고 여기는 모양이구나. 시합에 관한 것은 장로들께서 알아서 하실 테니 네가 왈가왈부할 문제가 아니구나. 자리로 돌아가 있어라."

"예? 죄, 죄송합니다."

"당 소저, 자리로 돌아가 있으면 알아보고 결과를 알려주도록 하겠소."

"예."

당백지는 돌아서며 곽일비를 의심스러운 눈으로 쳐다봤다. 잠깐 동안 나눈 대화만으로 이렇게 소름이 돋게 만드는 사람을 본 적이 없었다.

막 고개를 돌리려 할 때였다.

서벽풍을 바라보는 곽일비의 눈을 보고 말았다.

'이젠 대놓고 망신을 주는군. 잘됐지. 어차피 더 떨어질 정도 없어.'

곽일비의 눈에는 적의가 가득 담겨 있었다.

적우강은 여불범의 곁에서 떨어지지 않았다.

상태를 살펴보겠다며 왔던 와룡각의 제자는 배를 만져 보고는 그냥 가버렸다.

"이건 아니지!"

주정민이 날카로운 목소리를 냈다.

누워 있는 여불범의 상의를 들어 올리자 등과 복부에 미미한 주먹 자국이 있었다.

그것을 보고도 그냥 가버린 것이다.

"여 사형, 괜찮아요?"

적우강이 물었다.

"내장이… 꼬이는 것 같다. 끄음…….."

"후우…….."

적우강은 제단 위에서 장로들과 얘기 중인 서벽풍을 올려다봤다. 이쪽을 쳐다보지도 않고 있었다. 어떻게든 손을 쓰고 싶어도 할 수 있는 것이 없었다.

질끈.

적우강은 눈을 꾹 감았다가 떴다.

"구 사형, 좀 다녀올게요."

적우강이 갑자기 자리에서 벌떡 일어났다.

이상함을 느꼈는지 구자귀가 곧바로 따라 일어서며 적우강의 어깨를 잡았다.

"어딜 가려고?"

"장문대행께서 아직 모르시는 것 같아서요. 여 사형이 아프다고 말씀만 드리고 올게요."

"이미 알고 계실 게다. 가지 마."

"이러다… 여 사형이 잘못되면요?"

"그럴 리 없어. 복통 한 번 일으켰다고 어찌 되는 건 아니니까."

구자귀의 설득에 적우강은 잠시 자리에 멈춰 섰다.

구가귀는 진정한 줄 알고 다시 여불범에게 가보려고 했다.

"안 되겠어요. 장문대행님께 정확한 상황을 말씀드려야겠어요."

"안……."

구자귀가 손을 뻗어 적우강을 잡으려 했으나 적우강은 너무도 쉽게 빠져나갔다.

"적 사제, 기다려!"

구자귀가 소리쳐도 소용없었다.

이미 적우강의 귀에는 아무 소리도 들리지 않았다.

"장문대행님께 드릴 말씀이 있습니다."

제단까지 단숨에 달려간 적우강이 서벽풍을 불렀다.

한발 늦은 구자귀가 말리기엔 늦고 말았다.

구자귀는 적우강의 실력이 아무리 사형들과 차이가 난다고 하지만 이 정도일 줄은 몰랐다. 순식간에 제단까지 온 걸

음도 그렇지만 어깨에 닿은 구자귀의 손을 튕겨냈다.

"우강아, 네가 웬일이냐?"

서벽풍은 얘기를 중단하고 아래쪽에 선 적우강을 돌아봤다.

"여 사형이 괴로워합니다."

"안다. 그 때문에 오후 시합을 연기하기로 했다. 네가 잘 돌봐주어라."

"장문대행님, 여 사형이 아픕니다."

적우강이 같은 말을 반복했다.

서벽풍의 말이라면 한 번도 어긴 적이 없는 적우강이 고집을 피우고 있었다. 그것도 감정을 최대한 억누르며 눈까지 가라앉힌 채였다. 지금까지 보지 못한 모습에 서벽풍은 의아해지고 말았다.

"……."

"……."

적우강은 알고 있었다.

이래서는 안 된다. 서벽풍의 말을 믿고 돌아가 있으면 된다.

머릿속으로는 수도 없이 되뇌지만 여불범이 아프다는 생각에 돌아설 수가 없었다. 더구나 서벽풍은 의원을 보내주겠다는 말도 하지 않고 있었다.

지그시 바라보는 서벽풍을 향해 다시 입을 뗐다.

"장문대행님, 여 사형이 아픕니다!"

목소리가 조금 전보다 더욱 억눌려 있었다.

"건방진 녀석! 장문대행이 알았다고 하지 않느냐! 돌아가 있어라! 안 그래도 정신 사나운데 별……."

보다 못한 강효가 적우강에게 소리쳤다.

눈에 보이는 것만으로도 화가 치밀어 오르게 하는 녀석이 직접 와서 얼쩡거리니 짜증이 난 것이다.

"여 사형의 배와 등에 검은 멍이 나 있습니다."

적우강은 강효의 말을 무시하며 말을 이었다.

"이놈이 그래도!"

"강 장로님, 그만 하세요. 우강아, 지금 뭐라고 했느냐?"

"여 사형의 등과 배에 멍 자국이 있다고 했습니다."

"멍?"

"예."

사형제들끼리의 약속이 있었다.

장문대행님만은 청명각의 사형제들을 인정하고 믿어주신다. 현천일검로를 대성해서 장문대행님께서 기뻐하는 모습을 보자!

사형제들만의 생각이었던가?

삼 년 동안 적우강을 아껴주던 그분이 맞는 건가?

왜 제 말을 믿지 않으세요!

적우강의 마음이 소리치고 있었다.

"가보자."

"예?"

"네가 그토록 걱정을 할 정도면 심각한 것이 분명해. 가보자."

서벽풍이 걱정스런 얼굴로 자리에서 일어났다.

적우강의 얼굴이 금방 반색이 됐다.

서벽풍의 뒤를 따라 못마땅한 표정의 장로들이 단을 내려왔다. 적우강은 자신을 노려보는 것 따위는 신경도 쓰이지 않았다.

여불범에게 간 서벽풍은 복부와 등에 난 멍 자국을 보고 얼굴을 딱딱하게 굳혔다.

복통이 아니었다.

"이 상태를 보고 복통이라고!"

서벽풍이 장로들을 돌아보며 격하게 소리쳤다.

장로들은 헛기침을 하기에 바빴다.

"와룡각 제자가 뭘 알겠나, 장문대행. 보이는 대로 곧이곧대로 말한 것뿐이지. 벌을 내리겠네."

"여불범이 죽기라도 했으면 어쩔 뻔했습니까, 강 장로님? 만전을 기했다고 했잖습니까!"

"왜 내게 화를 내는 건가? 목마른 사람이 우물 파는 것 아닌가?"

강효가 격하게 소리쳤다.

제자들이 보는 앞에서 대놓고 자신을 책망하는 서벽풍의

태도에 화가 난 것이다.

"곽일비가 다쳤어도 똑같은 말을 하실 건가요, 강 장로
님?"

적우강이 강효를 똑바로 바라보며 물었다.

"뭐, 뭐라? 이, 이런 버르장머리없는 놈이 감히!"

강효는 눈을 찢어져라 부릅뜨며 적우강을 노려봤다.

그러나 적우강은 시선을 돌리지 않았다. 속에서 부글부글
화가 치밀어 오르고 있었다. 평소에도 마음에 안 드는 장로들
이었으나 이런 말까지 하는 걸 보니 참기가 어려웠다.

"강 장로님, 그만 하세요. 우강이도 물러서라."

서벽풍은 손을 들어 말리고는 고개를 가로저었다.

오늘은 청명각의 사형제들에게도 중요한 날이지만 서벽풍
한테도 중요한 날이었다. 최근 점창파 내에 이상한 기류가 흐
르고 있었다. 그것을 밝혀내려 했건만 불똥이 엉뚱한 곳으로
튄 것이다.

'가만. 이 상처는… 내가중수법에 당한 것이다!'

여불범의 상처를 어루만지던 서벽풍의 안색이 창백해졌
다. 동그란 형상의 멍 자국은 외부의 접촉으로 생긴 것이 아
니라 내부가 상한 형상이었다.

"누가 가서 내상을 치유할 수 있는 약을 가져오너라! 어
서!"

서벽풍은 소리치며 여불범의 등에 손을 댔다.

"장문대행님, 청명각의 제자들만 제자가 아닙니다. 비무를 하다 보면 충분히 다칠 수 있는 일이라고 생각합니다!"

어느새 곽일비가 다가와 포권을 취하며 소리쳤다.

내공을 주입하는 동안에는 입을 열어서는 안 되는 서벽풍에게 할 행동이 아니었다.

"너희들, 아프긴 한 거냐? 괜히 장문대행님을 속이는 것 아니고?"

곽일비가 청명각 사형제들을 돌아보며 비꼬았다.

"무슨 소릴 하는 거야!"

"어디서 누명을 씌우려고!"

주정민과 가대건이 동시에 화를 냈다.

그러나 곽일비는 눈 하나 깜짝하지 않았다.

이때, 적우강이 곽일비를 향해 돌아섰다.

"곽일비, 삼 년이나 지났는데 하나도 안 변했네? 지금 여사형이 아파서 그러는데 가줄래?"

적우강은 최대한 화를 참으며 경고했다.

"킥, 아픈 사람? 저 정도 상처는 비무 중에 흔하게 볼 수 있는 상처야."

"꺼지라고!"

쾅!

적우강의 주먹과 곽일비의 손바닥이 부딪쳤다.

둘은 서로 밀리지 않고 그 상태로 눈싸움을 벌였다.

"아주 필사적이구나, 촌뜨기. 왜, 한 번 덤벼보게?"

곽일비의 놀리는 말에 적우강은 다시 손을 쓸 것처럼 주먹을 쥐었다.

"그만 해, 적 사제. 곽일비 너도 그만 해. 아픈 사람 있는 곳에 와서 그런 짓은 아무리 너라도 하지 마라."

구자귀가 곽일비를 바라보며 경고했다.

"그만둘 녀석은 일비가 아니라 저 녀석이지. 구자귀 너는 눈을 어디다 달고 있는 게냐?"

강효가 구자귀를 꾸짖으며 물러서란 손짓을 했다.

다른 장로들은 모른 척 고개를 돌리고 있었다.

"작심하고 손을 썼군요."

서벽풍이 분위기를 깨며 자리에서 일어났다.

"누가 작심하고 손을 썼다는 건가?"

강효가 헛기침을 하고는 물었다.

"아마도 청명각을 좋아하지 않는 사람이겠지요."

"응? 그건 또 무슨 소리인가? 청명각? 점창파가 아니고?"

"글쎄요."

서벽풍의 목소리에 씁쓸함이 배어 나왔다.

"우에엑!"

쓰러져 있던 여불범이 갑자기 토악질을 해댔다.

"여 사형!"

"우강아, 너무 걱정하지 마라. 나쁜 기운이 위에 모였다가

음식물과 함께 나오는 것뿐이니. 개벽천안수에 하루나 이틀만 몸을 담그고 있으면 괜찮아질 게다. 준비하도록 이르마."

"장문대행님, 왜 안 믿으셨습니까?"

적우강의 느닷없는 질문이었다.

"뭘 말이냐?"

"적 사제!"

구자귀가 급히 나서며 적우강의 말을 끊으려 했다.

그러나 오히려 서벽풍이 손을 저으며 막았다.

"그게 무슨 말이냐, 우강아?"

"여 사형은 죽어라 현천일검로에 따라 수련만 했습니다. 그런데 왜 아프다는 말을 아무도 믿어주질 않는 겁니까?"

"……!"

서벽풍은 순간적으로 할 말을 잃고 말았다.

적우강의 말은 옳았다.

"그럼 나가면 되겠네."

곽일비가 툭 빈정거리는 말을 던졌다.

스륵.

적우강의 시선이 곽일비를 향해 돌려졌다.

곽일비는 그 시선을 정면으로 받았다.

적우강의 눈빛.

삼 년 동안 기억에서 지워지지 않던 그 눈빛을 다시 볼 수 있었다.

"뭐라고?"

"나가라고."

곽일비는 적우강을 향해 또박또박 말해주었다.

장로들의 비호가 있기에 가능한 행동이었다.

"곽일비, 현천일검로에 따라 삼 년 동안 수련하면 어떻게 되는지 알아? 보여줄까?"

적우강의 한마디에 연무장 전체가 조용해졌다.

곽일비에게 도전을 한다고 받아들인 제자들이 기대하는 눈으로 쳐다본 까닭이다.

"여불범도 괜찮아졌으니 그럼 대회를 속행해 볼까? 제자들만큼이나 나도 너희 둘의 대결을 보고 싶구나."

서벽풍이 결론을 내리고는 다시 비무 속행을 알리게 했다.

적우강은 시작 징 소리와 함께 곽일비를 향해 천천히 걸어갔다. 어떻게 싸워야 한다는 생각 따윈 없었다.

곽일비는 다가오는 적우강을 노려봤다.

싸우기 전에 강효가 한마디 건넨 것이 있었다.

청명각 사형제들의 실력이 생각보다 강하니 조심스럽게 상대하라는 언질이었다.

그러나 곽일비는 청명각 사형제들과 적우강의 실력을 비교하는 것이 얼마나 멍청한 짓인지 잘 알고 있었다. 처음부터 그 힘을 사용할 순 없었다.

목검과 주먹을 동시에 쥐었다.

훙—

적우강의 손이 느닷없이 움직였다.

곽일비는 눈을 예리하게 빛내며 잠영보를 펼쳐 눈을 흐리게 만든 후 곧장 적우강을 두 동강 낼 생각으로 목검을 휘둘렀다.

사일검법 제일초식 월하교광이었다.

쉭.

적우강은 가볍게 곽일비의 목검을 피하고 잠둔을 펼쳐 사각으로 파고들었다.

'역시 피했구나. 하나 그걸로 좋아하면 안 되지.'

곽일비는 사각으로 다가오는 적우강을 향해 주먹을 뻗었다. 잠깐 동안이지만 붉은빛이 일렁였다.

쾅!

격렬한 음향이 장내를 울렸다.

적우강은 옆구리를 한쪽으로 접으며 주르르 뒤로 밀렸다.

"훅훅……."

곽일비를 노려보며 호흡을 조절했다.

짜릿한 이 느낌!

적우강의 입가에 짙은 미소가 그려졌다.

피를 토하고 나가떨어졌어야 하는데 적우강은 언제 맞았느냐는 듯이 다시 다가왔다. 오히려 공격을 성공한 곽일비가 눈을 크게 치떴다.

오른손을 만지작거렸다.

적우강의 옆구리를 강타한 순간, 오른손의 힘이 적우강에게로 빨려 들어가는 착각이 들었다.

"무슨 사술을 사용한 거냐?"

"사술? 사술은 네가 사용했잖아."

말을 하면서도 적우강은 곽일비를 향해 움직였다.

"어쩔 수 없는 놈이군."

곽일비가 고개를 저으며 픽 웃었다.

다가오는 적우강의 목검을 바라보며 손을 뻗었다.

빡.

경쾌한 소리와 함께 곽일비가 적우강의 목검을 맨손으로 쥐었다.

"저, 저······!"

강효는 깜짝 놀라 자리에서 일어났다.

"일비의 무공이 독특합니다, 강 장로님? 사일검법을 펼치는가 싶더니 맨손으로 목검을 잡는다? 후후후, 다른 무공도 가르치신 겁니까?"

서벽풍이 어이없다는 표정으로 물었다.

"그럴 리가 있나. 일비 정도 되면 자기가 알아서 필요한 무공을 익힐 수도 있는 거지."

강효는 말은 그렇게 했지만 속으로 깜짝 놀라고 있었다. 아무리 목검이지만 맨손으로 잡는 행동은 무모하기 이를 데 없었기 때문이다.

쾅!

적우강은 곽일비의 공격을 접하면 접할수록 묘한 기분이 들었다.

'이건 뭐지? 내가 이 녀석과 싸운 적이 있나?'

꿈에서라도 그런 적이 없었다. 하지만 곽일비의 공격이 어떻게 이어질지 알 것 같았다. 더구나 자꾸만 본능적으로 목검보다 저 손에 시선이 갔다.

훙—

다가오는 곽일비의 목검을 막고 그대로 가슴으로 파고들어 던져 버렸다. 그리고는 곧바로 곽일비의 몸 위로 올라타 주먹세례를 퍼부었다.

퍽퍽퍽!

아래쪽에서 올려다보고 있는 곽일비가 씨익 웃었다.

"왜 이래, 검막까지 펼치던 녀석이?"

"뭐?"

적우강의 모든 행동이 멈췄다.

검막이란 구체적인 단어를 사용했다.

"이런 장난은 그만 하고 제대로 붙어보는 게 어때?"

"……."

적우강은 곽일비의 눈을 뚫어져라 쳐다봤다.

어디선가 본 눈빛이었다.

흥—

적우강은 급히 양손으로 얼굴을 가렸다.

픽!

양손이 쩌르르 울렸다.

곽일비를 쳐다봤다.

"이젠 내가 누군지 알았지?"

"……."

적우강은 곽일비의 손을 보고 있었다.

검붉은 손.

당백지를 쫓던 그자였다.

"넌 그자가 아니야."

"얼굴을 바꾸는 건 아주 쉬워."

쉭.

곽일비는 말을 끝내자마자 무서운 속도로 다가왔다.

조금 전의 곽일비와는 비교도 할 수 없는 속도였다.

적우강이 잠둔으로 몸을 피한 후 발현을 펼치기 위해 자세를 잡으려 했으나 곽일비의 공격이 먼저 이어졌다.

쾅!

주먹과 부딪친 적우강의 목검이 진동했다.

한 번만 더 부딪치면 목검이 부러질지도 몰랐다.

"좀 더 힘을 내보지 그래?"

빠각!

검붉은 손이 적우강의 목검을 계속해서 몰아붙였다.

'약은 놈. 현천진기를 끌어올릴 시간을 주지 않아. 이대로 는 안 돼.'

적우강은 이를 악물고 다가오는 곽일비의 손이 다가올 때 를 기다렸다 곧바로 주먹을 뻗었다.

쾅!

곽일비의 신형이 주춤 뒤로 물러섰다.

"휴우, 이제야 됐네."

적우강은 피가 흐르는 왼손을 꾹 쥐어보고는 곽일비를 향 해 발현을 펼쳤다.

쉬악—

"이젠 내 차례야!"

적우강의 몸 주위로 아지랑이가 피어났다.

검막을 펼치려는 것이다.

곽일비는 긴장한 얼굴로 양손을 들어 올렸다.

이미 한 번 당해본 검막이다.

묵혈음수공을 양손에 집중시켰다.

적우강과 곽일비는 서로를 노려보다 누가 먼저랄 것도 없 이 발이 떨어졌다.

파슥.

막 검과 손이 부딪치기 직전, 곽일비의 목검이 묵혈음수공에 의해 부서졌다.

쾅!

곽일비는 인상을 쓰며 한 손으로 자신의 팔을 붙잡고 밀리는 반면, 적우강은 발이 땅에 닿자마자 곧바로 다시 달려들었다.

가슴을 펴며 뒤쪽에 있는 공기를 밀어내듯이 달려나가려하는 순간,

쾅!

고개를 돌릴 겨를도 없이 가슴을 둔중하게 때리는 공격이있었다.

"어? 가, 강… 컥!"

적우강은 자신을 공격한 사람의 이름을 말하지도 못하고신음을 뱉었다. 급격히 앞으로 쏠린 머리가 제자리를 찾기 전에 다시 한 번 이어지는 공격에 의해 적우강은 활처럼 휜 채로 허공을 날아갔다.

"우, 우강아! 강 장로님, 무슨 짓입니까!"

너무나 갑작스런 상황에 서벽풍은 연무장으로 날아내렸다.

"무슨 짓이라니! 저놈이 일비에게 암습을 가하는 걸 장문대행도 봤잖은가?"

"암습이라니요?"

"그렇지 않으면 일비의 목검이 왜 부러져! 일비는 저런 근본도 없는 녀석과 달리 장래가 촉망되는 아이야! 암수를 쓴 것이 분명해!"

강효는 손을 뒤로 하며 뒷짐을 졌다.

손이 불에 덴 것처럼 화끈거리는 걸 감추기 위해서였다. 확인은 해보지 않았으나 손바닥이 오그라든 것 같았다.

날려 버린 강효나, 그런 강효를 지켜보는 사람들이나 모두 황당한 상황이었다.

서벽풍은 자리에 없었다.

적우강을 받아 들며 곧장 심장에 귀를 갖다 댔다.

'심장이… 멈췄다.'

적우강의 심장이 뛰지 않았다.

서벽풍의 반응이 멈추자 장내에 침묵이 흘렀다.

"으아아! 적 사제, 안 돼!"

가대건이 울부짖으며 달려가 서벽풍의 손에서 적우강을 빼어 들고는 데굴데굴 굴렀다. 그리고는 적우강의 심장에 귀를 댔다가 울고 마구 뺨을 때리다가 울었다.

구자귀가 뒤늦게 달려들어 가대건을 말리려 했으나 가대건의 행동은 막무가내였다.

청명각 사형제들은 적우강의 죽음에 제자리에서 꼼짝도

하지 않았다. 대신, 뒤로 돌아서서 적우강을 날려 버린 강효와 다른 여섯 장로들을 똑바로 쳐다봤다.

구자귀는 다가오던 사형제들이 멈춰 서자 이상한 기분을 느끼고 돌아봤다. 뒤쪽에는 곧이라도 폭발할 것 같은 사형제들이 장로들을 노려보고 있었다.

"그만 하지 못해! 저분들은 장로들이셔!"

"난 저 사람들에게 눈곱만큼도 도움받은 적 없어요. 비무대회? 기대도 안 해요. 우리가 우승했다고 와룡각 녀석들이 기뻐해 줄 것 같아요? 어차피 우리끼리 자축하고 끝날 거잖아요! 우강이는 저렇게 죽을 녀석이 아니었어! 우리 중에, 아니, 우리와는 비교도 할 수 없이 뛰어난 녀석이란 건 장문대행님도 잘 아시잖아요! 씨발, 다 필요없어! 우리 우강이 살려내!"

짝!

구자귀가 강효에게 달려들려는 가대건의 뺨을 때렸다. 하지만 가대건은 자신이 맞았다는 것도 모르는지 여전히 달려들 태세를 취했다.

가대건이 한 발 앞으로 움직였다.

"너희들, 그만두지 못해! 더 이상 장문대행님을 곤란하게 만들지 마라!"

구자귀가 이를 악물며 목검을 뽑아 들고 막아섰다.

사제들의 눈에서 살기가 감돌고 있었으나 구자귀의 눈에서도 사제들 못지않은 살기가 쏟아졌다.

구자귀는 이대로 사제들을 놓아두면 모두 개죽음을 당한다는 것을 누구보다 잘 알고 있었다. 그렇게 만들 수는 없었다. 목숨을 걸고 막아야 했다.

청명각 사형제들이 살기를 드러낸 순간, 장로들의 제자들은 물론이고 연무장에 있던 와룡각의 제자들 역시 적이 될 수밖에 없다는 것을 아는 까닭이었다.

"마, 말도 안 돼. 적 소협, 적 소협… 어떻게……."

적우강을 향해 천천히 다가가는 가녀린 인영이 있었다. 지금까지의 상황을 모두 지켜본 당백지였다.

갑작스러운 것도 있지만 적우강을 위해한 장본인이 장로라는 사실에 기가 막혀 말도 나오지 않았다.

"너무들 하세요! 빨리 어디로든 데려가서 적 소협을 살려낼 생각은 안 하고 뭐 하시는 거예요?"

당백지의 외침은 청명각 사형제들의 눈을 붉게 충혈되도록 만들었지만 그렇게 하고 싶어도 데려갈 곳이 없었다.

"도대체 왜죠? 적 소협은 목숨을 걸고 저를 위기에서 구해주셨어요. 이런 분을 왜… 왜? 제자라면 이럴 수는 없는 거예요! 왜 적 소협을 죽이셨어요?"

눈물을 흘리며 연인의 죽음이라도 지켜본 사람처럼 당백지가 화를 내자 강효는 슬쩍 고개를 돌려 외면했다.

"당 소저, 이건 우리 점창파의 일이오. 저 녀석들은 애초에 점창파의 문하로 들어올 자격이 없는 녀석들이었소. 문파의 어른을 향해 감히 살기를 드러내는 것 못 보았소? 저들은 문규에 의해······."

"그만!"

우르르—

지금까지 가만히 있던 서벽풍이 갑자기 웃었다.

그냥 웃음이 아니었다.

사방이 들썩거리게 만드는 웃음이었다.

내공이 약한 제자들은 귀를 막으며 괴로워했다.

"강 장로님, 지금 문규라고 했습니까? 저 녀석들을 한 번이라도 점창파의 제자라고 생각한 적이 있다면 그 말을 믿도록 하지요. 그런 생각을 한 적이 있습니까?"

"자, 장문대행, 왜 그리 화를······."

"우강이를 왜 죽였습니까, 강 장로님?"

"그, 그건 실수였네. 자네도 봤잖은가. 충분히 오해를 살 소지가 있었어."

"실수요? 기의 출수와 회수가 가능한 강 장로가 실수를 했다고요? 실수로 무방비 상태의 우강이를 때렸다고요? 지금 그 말을 나보고 믿으란 겁니까?"

서벽풍의 목소리가 점점 격하게 변했다.

"일이 이렇게 된 것 어쩌겠나. 다른 제자들도 있고 하니 그만 하게."

"뭘 그만 하라는 겁니까? 전대 장문인을 그토록 괴롭혔으면 됐지, 그분의 제자까지 이렇게 만들 건 없잖습니까?"

"저 녀석이 화를 자초한 게야!"

강효도 더 이상은 참기 힘들었다.

서벽풍은 강효를 직시하다 주위를 둘러보며 입을 열었다.

"전 제자들은 연무장에서 떨어져라!"

서벽풍의 전신에서 기세가 확 일어나며 모래 회오리를 만들어 제자들을 뒤로 밀어버렸다.

쿠콰콰—

제자들은 모래바람에 눈을 가리며 급히 연무장 뒤로 물러섰다. 그 때문에 연무장 한쪽은 서벽풍과 청명각 사형제들이, 다른 한쪽에는 장로들과 그들의 제자들이 대치하고 선 상황이 됐다.

"장문대행, 이성을 찾게."

동태문이 중재라도 하려는지 앞으로 나섰다.

"내게 지금 이성을 찾으라고 했습니까, 동 장로님?"

"그래야지. 그래야 장문대행이지."

"후후, 우강이를 제가 얼마나 아꼈는지 아십니까? 제 마음을 조금이라도 아신다면 물러서십시오."

"장문대행! 정신 차리게!"

강효가 동태문을 밀치며 앞으로 나섰다.

서벽풍의 기세에 잠시 주춤했던 청명각 사형제들이 다시 분노하려 했다.

"더 이상 나오지 마십시오, 강 장로님."

서벽풍은 가볍게 손을 저었다.

그러자 강효의 안색이 굳어지며 양손을 교차시켜 장력을 발출했다.

第九章
침입

콰쾅!

강효의 옷자락이 크게 펄럭이다가 잦아들었다.

"지, 지금 나를 공격한 건가?"

"경고한 겁니다. 손을 썼다면 무사했을 리 없겠죠."

"뭐라!"

강효와 나머지 장로들이 놀란 눈으로 아무 말도 하지 못했다.

"아까 칠절중수를 쓰시더군요. 깜빡했습니다. 장로들께선 칠절중수를 모두 사용하실 줄 아신다는 걸. 그래도 제자를 암습하려고 사용하신 건 너무했더군요."

"......!"

장로들의 안색이 파랗게 질렸다.

모두들 강효를 바라봤다.

"장문대행 때문이었네."

강효가 침통한 표정으로 입을 열었다.

오장로를 시켜 여불범에게 약간의 위협을 가하라고 명령한 사람이 강효였다.

"왜 그러셨습니까? 장문인 자리가 그토록 탐이 나셨습니까? 다른 건 더 없습니까? 장로들 전부의 뜻이었습니까? 대체……."

서벽풍은 자조적인 웃음을 터뜨리고는 손을 들었다.

츠르릇.

빛이 서벽풍의 손을 감싼다고 여긴 순간, 어느새 한 자루의 검이 쥐어져 있었다.

이런 상황까지 오지 않기를 얼마나 빌었는지 모른다.

삼 년 동안 쏟은 청명각 사형제들에 대한 애정은 이루 말할 수 없이 깊었다. 그것을 강효가 단 한 번의 손짓으로 날려 버린 것이다.

서벽풍의 검에서 흘러나온 기운이 선으로 연결되며 곧장 강효를 향해 뻗어갔다.

"장문대행!"

쾅!

엄청난 폭음이 터지며 모래바람이 장내를 휩쓸었다.

먼지가 걷힌 자리에는 일곱 장로가 서벽풍의 검을 막고 몇 걸음씩 물러서 있었다.

"문규고 뭐고 없는 겁니까?"

"장문대행, 겨우 제자 한 명 때문에……."

"갈!"

서벽풍의 눈에서 안광이 폭사됐다.

적우강은 겨우 제자 한 명이 아니었다.

점창파를 사랑할 수 있게 해준 문일선의 하나뿐인 제자이자 서벽풍의 제자였다.

"겨우 장로 몇 명 때문에 점창파가 이 꼴이 되는군요. 하하하!"

파팟!

장로들을 향해 예기가 쏟아져 나갔다.

서벽풍의 검기였다.

웃음을 실어 기세만으로 기를 발출하는 단계에 오른 것이다.

"한 번만 더 우강이를 모욕하면 다들 내 검을 원망해야 할 겁니다. 삼 년 동안 저 녀석들이 해온 것이라고는 내 말을 법으로 여기고 군말없이, 묵묵히 현천일검로를 수련한 것뿐입니다. 그런 제자들에게 겨우라고? 당신들이 그러고도 장로라 불릴 자격이 있습니까!"

"과하다, 서 사제!"

"지금은 장문대행으로서 장로들을 벌하려는 겁니다. 공과 사를 구분하십시오, 모두."

서벽풍의 검봉에 하얀 봉오리가 피어났다.

적우강이 죽었다는 허전함이 분노로 화해 검끝에 모인 것이다.

"거, 검환이다! 피해!"

동태문이 기겁을 하며 소리쳤다.

그러나 가장 가까이 있는 강효는 싸늘하게 바라만 볼 뿐 움직일 생각을 하지 않았다.

"그럴 필요 없네."

"경고는 한 번으로 족합니다."

서벽풍의 시선을 따라 기세가 이어졌다.

쩌저적.

검환을 끌어올리려던 기운이 일제히 강효 등을 향해 날아가자 지진이라도 난 것처럼 바닥이 갈라졌다.

기세에는 서벽풍의 노한 감정이 담겨 있었다.

"경고는 한 번으로 그치게, 장문대행. 정말로 우리에게 손을 쓸 줄은 몰랐군."

동태문이 고개를 저으며 강효와 나란히 섰다.

일곱 명의 장로가 만들어낸 막은 서벽풍의 공격을 무산시켰다.

모두들 겁먹은 얼굴들이 아니었다. 아니, 오히려 서벽풍을 딱하다는 듯이 바라보고 섰다.

"손을 쓰도록 만든 분들한테 그런 소릴 들으니 이상하군요."

"장문대행, 우린 점창파를 사랑하네. 자네가 더 이상 점창을 망치지 않게 하려 했을 뿐이야. 그동안 아무 문제 없이 익히던 사일검법을 버리라고? 확인되지도 않은 현천일검의 우수함을 보여주겠다고? 우습군. 전체를 부정하고 한 명의 말을 듣는 것이 올바르다는 건가?"

강효가 부릅뜬 눈으로 서벽풍에게 일침을 가했다.

다른 장로들은 같은 뜻을 가지고 있는지 아무도 강효의 말에 이의를 제기하지 않았다.

"그거였군요, 현천일검."

서벽풍은 강효의 대답에 고개를 끄덕였다.

어느새 장로들은 새로운 것을 싫어하는 노인들이 된 것이다.

"장문대행은 장문대행밖에 몰라. 전부 다 전대 장문인이 만든 현천일검로를 익히면 좋겠지? 그럼 우리들은? 평생을 익혀온 사일검법을 버리고 제자들을 지도하기 위해 현천일검을 익히라고?"

강효의 말을 이해하지 못하는 것이 아니었다.

그런 점창파가 바뀌기 위해서는 버릴 건 버려야 한다는 것이 서벽풍의 생각이었다. 지금 이 순간에도 그 생각에는 변함이 없었다.

장로들이 뛰어난 무공을 원한다는 생각만 했지 변화를 싫어한다는 걸 몰랐던 것이다.

강효는 서벽풍의 안색이 착잡해지는 것을 보고 득의의 표정을 지었다. 정곡을 찔렀다고 믿은 까닭이다.

"잘 알았습니다. 하나, 점창파는 장로들을 위해 존재하는 곳이 아닙니다. 잘못을 인정하고 문규에 따라 벌을 받으십시오."

"장문대행! 이런 고집불통을 봤나!"

강효가 고개를 가로저으며 넌더리를 냈다.

그때였다.

짝짝짝!

곽일비가 갑자기 박수를 치며 나섰다.

"하하하! 삼 년 만에 보는 광경이군요. 이러다 정들면 곤란하잖습니까."

장내의 시선이 모두 곽일비를 향했다.

"무, 무슨 말을 하는 게냐, 일비야?"

강효가 곽일비에게 손짓했다.

"무슨 말인지 모르십니까, 사부님? 늙은이들이 화합이라도 하면 제가 곤란해진다는 말입니다."

"뭐라고?"

"도대체 몇 번을 말해야 하는지."

곽일비는 답답하다는 표정으로 천천히 연무장 중앙으로 걸어나갔다. 그때, 곽일비의 옷섶이 살짝 벌어지며 가슴에 찍힌 점 세 개가 보였다.

"으, 음양공자! 이 악적!"

적우강 앞에 앉아 있던 당백지가 소리쳤다.

분명히 진현의 가슴에서 봤던 점 세 개가 곽일비의 가슴에 있었다.

곽일비는 가릴 생각도 안 하고 놀랍다는 듯이 당백지를 보며 이채를 발했다.

"대단한 눈썰미군. 그때는 정신이 하나도 없었을 텐데 말이야."

곽일비가 자신이 음양공자라는 것을 인정하자 강효는 곧 쓰러질 것처럼 비틀거렸다.

"장문대행님, 저자가 바로 음양공자예요!"

당백지가 재차 소리쳤다.

"틀림없나요, 당 소저?"

주정민과 여불범이 목검을 들고 당백지의 곁으로 다가왔다.

"얼굴은 얼마든지 변장할 수 있어요. 저자예요!"

"음양공자가 일비였다고? 도대체 점창파가 어찌 되려고. 허허허."

서벽풍은 더 이상 말을 이을 기운도 없어지고 말았다. 장로들은 장문대행의 말을 무시하고, 아끼던 제자는 죽고, 그나마 있던 제자 역시 음적이라니. 기가 막힐 노릇이 아닐 수 없었다.

어쩌다 이런 상황이 됐을까?

서벽풍은 적우강의 시신을 돌아보며 처연한 눈이 됐다.

"모두……!"

내공을 끌어올리던 서벽풍의 동작이 멈췄다.

조금 전에 검환을 사용하면서 끌어올렸던 경로가 꽉 막혀서 진기가 조금도 모아지지 않았다.

"독?"

서벽풍은 강효를 믿을 수 없는 눈으로 돌아봤다.

"제게 독을 쓴 겁니까, 강 장로님?"

아니라는 말을 듣고 싶었다.

"도, 독이 아니라… 탈로미망산이네."

쿵!

서벽풍은 심장이 내려앉는 것 같았다.

"같은 무공을 두 번 쓸 수 없게 만든다는 그 탈로미망산 말입니까?"

질문이 아니라 확인이었다.

일평생을 사형제로 지내온 사제에게 사용할 수 있는 약이 아니었다.

"어, 어쩔 수 없었다. 그러게 왜 내가 그런 것까지 사용하게 만들어. 모두 장문대행 탓이야. 그러니 그런 눈으로 보지 말게."

탈로미망산은 말 그대로 한 번 펼친 무공을 다시 펼칠 수 없게 만드는 마취제였다.

경로를 따라 움직이기에 당한 사람은 속수무책일 수밖에 없었다. 차라리 독이었다면 좋았을 것을.

'아직 포기하기엔 이르다. 전력을 다한다면 검강을 일으킬 수 있는 한 번의 기회가 있다. 일비는 혼자서 저 짓을 할 만큼 머리가 나쁘지 않다.'

서벽풍이 정신을 차리려 할 때였다.

"크흐흐."

"……!"

웃음소리는 크지 않았지만 점창파 내부를 한 번에 뒤흔들어 놓았다.

정문으로 들어서는 인영.

흑포를 뒤집어쓰고 있었다.

"점창파 장문대행 서벽풍. 검환을 사용하는 고수인 줄 몰랐군. 장로들과 사이가 안 좋은 건 나와 비슷하군. 나도 사형제들과 사이가 별로거든. 장로들은 자기들밖에 모르고 제자라고 믿었던 녀석은 탈로미망산을 장로에게 주어 장문대행에게 먹이고. 크크큭. 재미난 곳이 분명해."

말을 마친 흑포인이 양손을 들자 흑포가 벗겨지며 준수한 얼굴이 드러났다.

　양쪽 어깨에는 뱀 문신이 그려져 있었다.

　"일비야, 수고했다."

　"제 할 일을 했을 뿐입니다, 마마대공(魔魔大公)님."

　곽일비는 아무렇지도 않게 흑포인에게 다가갔다.

　그러나 놀라운 일은 거기서 끝나지 않았다.

　펑!

　"헉!"

　마마대공의 손짓으로 곽일비가 날아간 것이다.

　곽일비는 피를 뿜으며 서벽풍이 서 있는 바닥으로 떨어졌다.

　"사, 살려……."

　"이런 결과를 예상하지 못했느냐? 한쪽으로 피해 있……!"

　서벽풍은 신음을 삼키며 어처구니없는 눈으로 곽일비를 쳐다봤다.

　옆구리를 찌른 비수가 보였다.

　진기가 빠르게 흩어지는 것은 둘째 치고 정신이 멍멍해지고 말았다.

　이것 역시 계획된 일이었던 모양이다.

　"허허… 허허허!"

　서벽풍은 옆구리에 꽂힌 비수를 봤다.

겁먹은 눈으로 물러서는 곽일비는 서벽풍이 손만 움켜쥐
면 죽일 수 있었다. 하지만 서벽풍은 들어 올린 손을 내리고
말았다.

모든 것이 안쓰러웠다.

강효도, 장로들도, 곽일비도.

어떤 상황인지 짐작이 갔다.

서벽풍의 허허로운 웃음이 나직이 퍼졌다.

그런 서벽풍을 바라보는 마마대공의 눈이 번쩍였다.

'저런 자는 반드시 죽여야 한다.'

마마대공은 서벽풍을 보며 진심으로 감탄했지만 그만큼
살심도 크게 일어났다.

장로들과 제자의 배신을 한 공간에서 연속으로 당하고 그
것도 모자라 제자에게 옆구리를 찔렸다. 한데 무너지지 않고
있는 것이다.

"사람들이 점창파에 대한 얘기를 하는 데에는 다 이유가
있었던 모양이군. 내 선물이 어땠소, 서 장문대행? 흐흐흐."

마마대공의 잔인한 목소리가 서벽풍의 가슴을 찢어놓았
다. 선물이라고 했다. 그렇다면 곽일비는 어쩔 수 없이 찌른
것이 아니라 자신의 의지로 찔렀다는 말이다.

"강 장로님도 이 일에 대해 알고 계셨습니까?"

서벽풍의 암울한 음성이 강효의 가슴을 후벼 팠다.

강효는 그대로 눈물을 뿌리며 자리에 주저앉았다.

"장문대행, 나는 모르는 일이네. 일비가 설마……."

강효의 목소리와 표정은 거짓이 아니었다.

서벽풍은 고개를 돌려 구자귀 등을 돌아봤다.

"구자귀, 사형제들을 데리고 떠나라. 너희들만의 길로 가거라."

"장문대행님! 같이 싸우겠습니다!"

"누구와?"

"……."

"너희들의 싸움은 지금이 아니야."

서벽풍은 구자귀를 향해 다가오라는 손짓을 했다.

"자귀야, 우강이는 아직 살아 있다. 우강이를 부탁한다. 검을 타고 하늘을 나는 검선이 인세에 나온다면 우강이와 닮을 것 같구나. 허허허."

"자, 장문대행님!"

"어서 가거라."

"…장문대행님."

"가거라. 부탁한다."

"크윽……."

구자귀는 눈물이 핑 돌았으나 망설이는 시간이 길수록 적우강의 목숨을 살릴 수 없기에 곧장 적우강을 들쳐 업은 채 청명각 쪽으로 내달렸다.

"마마대공이면 마중천인가?"

서벽풍은 청명각 사형제들이 움직이는 것과 동시에 마마대공에게 질문을 던졌다.

　너무 뻔히 보이는 속셈이라 마마대공은 어이없는 웃음을 터뜨렸다.

　"흐흐흐, 마중천이지. 사대대공 중 마마대공."

　"젊구나."

　"이런 식으로 적나라하게 내 시선을 뺏는다고 결과가 달라지진 않아. 어차피 이 안에 있는 자들은 한 명도 빠져나가지 못하니까. 찬마흑살대!"

　'찬마흑살대라면 마중천의 살인부대 중 한곳!'

　서벽풍은 담 위로 솟아오르는 수많은 흑포인들을 보며 마지막 기대가 무너지는 것을 느꼈다.

　"점창파는 오늘부로 사라진다. 이렇게 쉽게 점창파를 없앨 줄 누가 짐작이나 했을까? 응? 크하하하! 이제 마중천에선 누구도 나 마마대공이 천주에 오르는 것을 부정할 자는 없게 된 것이다. 찬마흑살대는 들어라! 점창파에 개미새끼 한 마리 남기지 마라!"

　마마대공의 입에서 공격 명령이 떨어지기가 무섭게 수백 명은 족히 될 것 같은 검은 흑포인들이 안으로 밀려들어 왔다.

　"끄아악!"

　"크헉!"

찬마흑살대의 검에는 눈이 달려 있지 않았다.

그들은 검에 닿는 모든 것을 베었다.

서벽풍은 그 모습에 눈에서 피눈물이 흐르는 걸 참아야 했다.

'아직 포기하긴 이르다.'

단 한 번뿐이긴 해도 검강을 일으킬 기회가 있었다.

"장문대행, 이 자리는 내가 맡겠네. 피하게."

"강 장로님, 제가 어디로 피하겠습니까."

"미안하네."

"……!"

"전부 다."

투웅—

강효의 장력이 뿜어지자 몰려오던 찬마흑살대가 서벽풍의 삼 장 앞에서 모두 튕겨져 나갔다.

칠절중수.

점창파가 자랑하는 수법 중 하나였다.

"멋집니다."

점창파는 이미 검은 물결로 가득했다.

찬마흑살대를 막아선 점창파의 제자들 비명 소리가 끊이질 않았다.

"강 장로님, 어딜 가십니까?"

서벽풍이 갑자기 어딘가로 움직이는 강효를 불렀으나 소

용없었다.

강효가 달려간 곳에 곽일비가 있었다.

멀쩡하게 서서 찬마흑살대의 보호를 받는 그 모습을 강효
는 참을 수 없었던 것이다.

강효는 막아선 찬마흑살대를 한 번에 십여 명이나 잘라 버
리고는 곧장 곽일비의 목을 검으로 그었다.

따당!

"......!"

강효의 검이 곽일비의 목에 닿기 전에 막는 자가 있었다.
다른 무리들과 마찬가지로 흑포로 전신을 감싸고 있으나 전
혀 다른 분위기를 지닌 네 명이었다.

"사부, 이들은 마마사천사입니다. 혼자서 가능하시겠습니
까?"

곽일비는 강효를 대놓고 비웃었다.

강효는 저런 놈을 자신이 감쌌다는 것이 부끄러워 얼굴이
붉어졌다.

"너를 죽이지 않으면 내가 살아 있다고 할 수 없겠다. 왜
장문대행을 찔렀느냐?"

"내가 얻어야 하는 것을 쓰레기에게 주려고 했던 사람입니
다. 그 정도면 충분하지 않습니까?"

"사, 사람? 그동안 마물을 키웠구나."

"앞으로 마도에 몸담을 제게 주시는 덕담이십니까? 파하하!"

"이이이⋯⋯."

곽일비의 냉소에 강효는 치를 떨었다.

그러나 강효는 지나치게 냉정을 잃었다.

마마사천사는 마중천에서도 알아주는 고수들이었다.

강효의 검이 채 휘둘러지기도 전에 날카로운 빛과 함께 강효는 네 토막으로 잘리고 말았다.

털썩.

적우강을 어깨에 얹은 채 달리던 구자귀는 갑자기 어깨가 허전해지자 뒤를 돌아봤다.

홍만이 적우강을 허리에 끼고 따라왔다.

말을 하지 않아도 모두가 아는 길을 향해 달리는 중이었다.

정문을 통하지 않고 계곡 아래로 내려가는 길.

서벽풍은 이 길도 알고 있었다.

구자귀는 갑자기 눈물이 핑 돌았다.

서벽풍의 청명각 사형제들을 향한 사랑이 얼마나 지극한지 구자귀만은 알고 있었다. 그걸 말해주지 못하는 것이 너무도 아쉬웠다.

알고 있다고! 장문대행님의 사랑을 알고 있다고!

"당 소저, 계곡 아래로 내려가면 무조건 물길을 따라 내려가야 합니다. 아셨소?"

구자귀의 목소리가 엄했다.

"예."

"주정민과 여불범은 목숨을 다해 당 소저를 지킨다. 알았느냐?"

"알겠습니다."

"나머지는 살아남으면 무림대회가 열리는 곳에서 보도록 하자. 살아남으면… 살아남아!"

구자귀는 이를 악물고 청명각을 지나쳤다.

뒤쪽으로 높이 솟구쳐 있는 담을 차고 올라갔다.

그리고는 뒤도 안 돌아보고 손을 내렸다.

똑같은 자세로 가대건이 구자귀의 옆에 올라섰다.

손에 손을 잡고 이어졌다.

"당 소저, 타고 올라가요."

주정민이 당백지의 허리를 잡고서 그대로 위쪽으로 던지다시피 했다. 이런 식으로 사형제들이 모두 담 위로 올라섰다.

"홍 사제, 뭐 해!"

"나, 나는… 구 사형, 적 사제 좀 받아줘요."

홍만은 적우강을 위로 던졌다.

"서둘러!"

구자귀가 적우강을 받아 들며 소리쳤다.

저 멀리 다가오는 검은 물결이 보였다.

홍만은 그들을 바라보다 피식 웃었다.

"가요, 구 사형."

"미친놈! 빨리 안 올라와?"

"나, 난 항상 느리다고 구박바, 받았어요. 그, 그럼 다, 다 죽어요. 가요, 구 사형."

말을 마친 홍만은 목검을 꺼내 들고 검은 물결을 향해 달려갔다.

"홍만!"

구자귀는 자신도 모르게 홍만에게 가려 했다.

그러나 옆구리 양쪽을 다른 사제들이 잡는 바람에 다가가지 못했다. 손에서 떨어진 적우강은 가대건이 받아 든 후였다.

"아! 적 사제는……."

"제가 데리고 갈게요."

구자귀는 아래로 떨어지기 전에 적우강을 어깨에 멘 가대건을 봤다. 그제야 다시 한 번 홍만을 보기 위해 고개를 돌렸다.

홍만의 모습이 보였다.

'미안하다, 홍 사… 저, 저 광채는?'

홍만이 달려가는 방향에서 갑자기 하얀 광채가 밀려오고 있었다. 그 빛에 닿는 흑포인들이 먼지로 화하는 모습이 눈에 들어왔다.

찬란한 광채.

그것은 서벽풍의 죽음을 짐작할 수 있게 만드는 빛이었다.
죽음과 맞바꿔 못난 제자들이 도망칠 수 있도록 해준 것이다.
 "장문대행님… 장문대행니임!"
 구자귀는 눈물을 뿌리며 아래쪽으로 떨어져 내렸다.

 당백지를 부축한 사람은 주정민이었다.
 목검을 꺼내 한 바퀴 돌며 벽에 박았다.
 툭 불거져 나온 바위의 아래쪽이라 위에서 보일 리가 없었
다.
 "쉿."
 좀 더 아래쪽에 가대건이 적우강을 어깨에 멘 채 목검을 꽂
는 모습이 보였다. 구자귀는 보이지 않았으나 마찬가지의 상
황을 겪고 있을 것이다.
 이 방법을 알려준 사람이 바로 적우강이었다.
 사형들을 위해서 새로운 길을 만들겠다며 혼자서 낑낑대
며 절벽을 오르던 모습이 새삼 주정민의 눈시울을 뜨겁게 만
들었다.
 위쪽에서 웅성거리는 목소리가 들리다 서서히 사라졌다.
 주정민이 목검을 뽑음과 동시에 다시 찔러 넣는 식으로 절
벽을 내려갔을 때다. 바닥에 내려선 가대건이 주먹을 움켜쥐
며 떨고 있었다.
 가대건의 앞.

여불범이 처참한 모습으로 쓰러져 있었다.

"가대건, 움직여야 해. 어서! 들키면 우리 모두 죽어."

"이걸 보고 그냥 가겠다고?"

"닥쳐!"

가대건은 주정민의 눈에서 쉼없이 흐르는 눈물을 보았다.

"꼭 살아나서 마마대공이란 자를 내 손으로 죽이고 만다. 내 손으로!"

주정민은 혼잣말을 하며 먼저 돌아섰다.

휘이익ㅡ

"……!"

바람 소리가 아니었다.

"물속으로 들어가!"

주정민은 적우강을 바라보며 멍한 눈이 되어 있는 당백지를 안고서 물속으로 들어갔다. 뒤이어 가대건 역시 물로 뛰어들었다.

이곳은 청명각 사형제들의 놀이터였다.

청명각 사형제들을 쫓던 마마대공의 오른팔 찬마흑살대주 철장마두 사공두는 마른침을 삼키며 엎드렸던 몸을 일으켜 세웠다.

"제길, 저 늙은이… 검강을 일으킬 수 있는 고수였나? 한 번에 찬마흑살대원 오십여 명을 없애 버리다니."

으드득.

사공두는 자신의 말이 떨리고 있다는 것을 몰랐다.

서벽풍의 손에서 시작된 빛이 검을 타고 올라가 용의 형상을 이루더니 그대로 마마대공을 향해 입을 벌린 것까지 봤다.

그것은 검강이 분명했다.

검은 하늘을 열고 백룡이 승천하듯이 찬란한 백광이 쏟아졌다. 하지만 마마대공 역시 검강을 일으킬 수 있는 고수였다.

백룡이 모습을 드러내는 즉시 혈룡을 일으켜 막았다.

당연히 백룡과 혈룡이 엉키리라 생각하고 사공두는 청명각의 사형제들을 쫓기 위해 움직였다. 아니, 움직이려 했다.

설마 혈룡이 날아오는데 백룡이 방향을 틀어 자신과 찬마흑살대를 없애려 할 줄은 꿈에도 생각지 못했기 때문이다.

서벽풍의 마지막 손짓은 그렇게 막을 내렸다. 찬마흑살대원 오십 명을 흔적도 없이 사라지게 만들고 희미한 웃음과 함께 혈룡에게 먹히고 말았다.

점창파 장로들의 비통한 외침을 잠재운 고수들은 마마대공이 아니었다. 바로 마마대공의 수신호위인 마마사천사들이었다.

지금도 그때만 생각하면 아찔한지 사공두는 몸을 부르르 떨고는 절벽을 바라봤다.

"녀석들은 어디로 갔느냐?"

"절벽으로 떨어졌습니다."

"이 아래로 말이냐?"

"그렇습니다."

사공두는 절벽 아래를 바라봤다.

바닥을 알 수 없는 깊이를 지닌 계곡이 입을 벌리고 있었다.

"내려가자. 죽었다면 시체라도 확인해야지. 나머지는 기어 올라 오는 놈들이 보이면 즉시 목을 베라."

명령을 내린 사공두는 곧장 몸을 아래로 떨어뜨렸다.

그의 뒤로 잘 훈련된 찬마흑살대의 정예가 뒤따랐다.

"푸우……."

가대건은 적우강을 물 위로 던져 놓고는 올라왔다.

주위는 변함이 없었다.

절벽과 절벽 사이의 바닥을 돌로 채운 공간.

적우강이 혼자서 종종 수련하던 장소였다.

"적 사제……."

가대건은 적우강을 들쳐 메고 안으로 들어갔다.

바닥을 팔 도구가 없어 목검을 빼 들고 긁어댔다.

찰그락거리는 소리가 반복적으로 들렸다.

점점 감정이 복받쳤다.

같은 동작을 하는 것도 짜증이 났고 적우강이 죽은 것도 믿겨지지 않았다.

"으아아!"

가대건은 벽에다 목검을 던지고는 제자리에 주저앉았다. 이전으로 돌아가고 싶었다. 지금쯤은 계단 수련을 끝내고 계곡 아래에 모여 현천삼식 수련을 해야 할 시간이었다.

여불범은 비무대회 때 다친 것 때문에 죽은 것 같았다. 연무장을 떠나올 때 당백지를 살리겠다며 그토록 애쓰더니.

홍만의 멍청하게 웃는 얼굴이 떠올랐다.

"이런 지랄 같은!"

절로 입에서 욕설이 터져 나왔다.

"흐흐흐, 겨우 여기에 숨은 것이냐? 소리가 안 들렸으면 지나쳤을지도 모르겠는데?"

"곽일비, 네가 어떻게……?"

가대건은 절망 어린 눈으로 들어오는 곽일비를 쳐다봤다. 위로 올라가기 쉬운 길을 찾던 중에 가대건의 목소리를 들은 것이다.

"아서라. 너 따위의 검으로는 내 옷자락도 못 건드릴 테니까."

"그런 놈이 적 사제에게 당해서 도망쳤냐?"

"뭐?"

곽일비는 가대건의 말에 이채를 발하며 뒤쪽으로 시선을 던졌다.

"오호, 적우강을 숨기고 있었구나. 명도 길구나. 이쪽으로 나와라. 내가 더 이상 꿈틀대지 못하게 저놈의 숨통을 조일 테니까."

'꾸, 꿈틀?'

가대건은 곽일비의 말에 소름이 쫙 끼치는 것을 느꼈다.

천천히 적우강을 향해 눈을 돌렸다.

적우강의 떨리는 몸이 눈에 들어왔다.

"적 사제!"

가대건의 동공이 크게 확대됐다.

그제야 왜 구자귀가 적우강을 끝까지 챙기려 했는지 알 것 같았다.

가대건은 철딱서니없는 어린애처럼 마구 눈물이 흘렀다. 하지만 적우강을 보고 있는 동안 뒤쪽에 서 있던 곽일비의 표정이 굳어가는 것을 보지 못했다.

두근— 두근—

곽일비의 귀로 심장 뛰는 소리가 들렸다.

일정한 간격으로 들리는 소리.

이렇게 늦게 뛰는 심장은 없었다.

"크억!"

곽일비가 갑자기 자신의 머리를 움켜쥐었다.

심장 뛰는 소리가 머릿속으로 파고들어 조이는 것같이 괴롭게 만들었다.

곽일비의 눈이 커졌고, 동공이 더 이상 벌어질 수 없을 때까지 열린 것은 순식간이었다.

'저놈이 왜 저러지?'

가대건은 괴로워하는 곽일비를 바라보며 목검을 쥔 손에 힘을 더했다.

동굴 밖.

도망친 청명각 사형제들을 찾아 절벽을 내려온 찬마흑살대원 이십여 명과 그들을 뒤에서 지휘하던 사공두가 동시에 멈춰 섰다.

"커흑! 이, 이게 뭐냐!"

사공두가 갑자기 가슴을 부여잡았다.

심하게 두근거리는 심장.

크게 확대된 동공.

내공을 끌어올려 대항하려 했지만 그럴수록 괴로움은 가중됐다.

쿵쿵쿵쿵!

사공두는 자신의 심장에 손을 댔다.

심장 뛰는 소리와 전혀 무관한 소리가 귓속을 계속해서 파고들었다.

'내 심장 뛰는 소리는 아니다. 그럼 귀로 들리는 이 음향은 뭐란 말이냐? 어흑!'

사공두의 머릿속으로 의문이 떠올랐으나 생각과 다르게 몸은 이미 동굴을 향해 걸어가고 있었다.

'머, 멈춰야 하는데…….'

찬마흑살대원들이 사공두를 따라 동굴로 다가왔다.

그 순간, 동굴에서 붉은빛이 번쩍했다.

'붉다.'

그것이 사공두의 마지막 생각이었다.

생각을 하기 위해서는 머리가 남아 있어야 하는데 그의 머리가 사라진 까닭이다.

뒤쪽으로 늘어선 이십여 명의 찬마흑살대원들 역시 하나 둘씩 먼지로 화해 사라졌다.

동굴에서 나온 붉은빛은 한동안 안개처럼 밖을 떠돌았다.

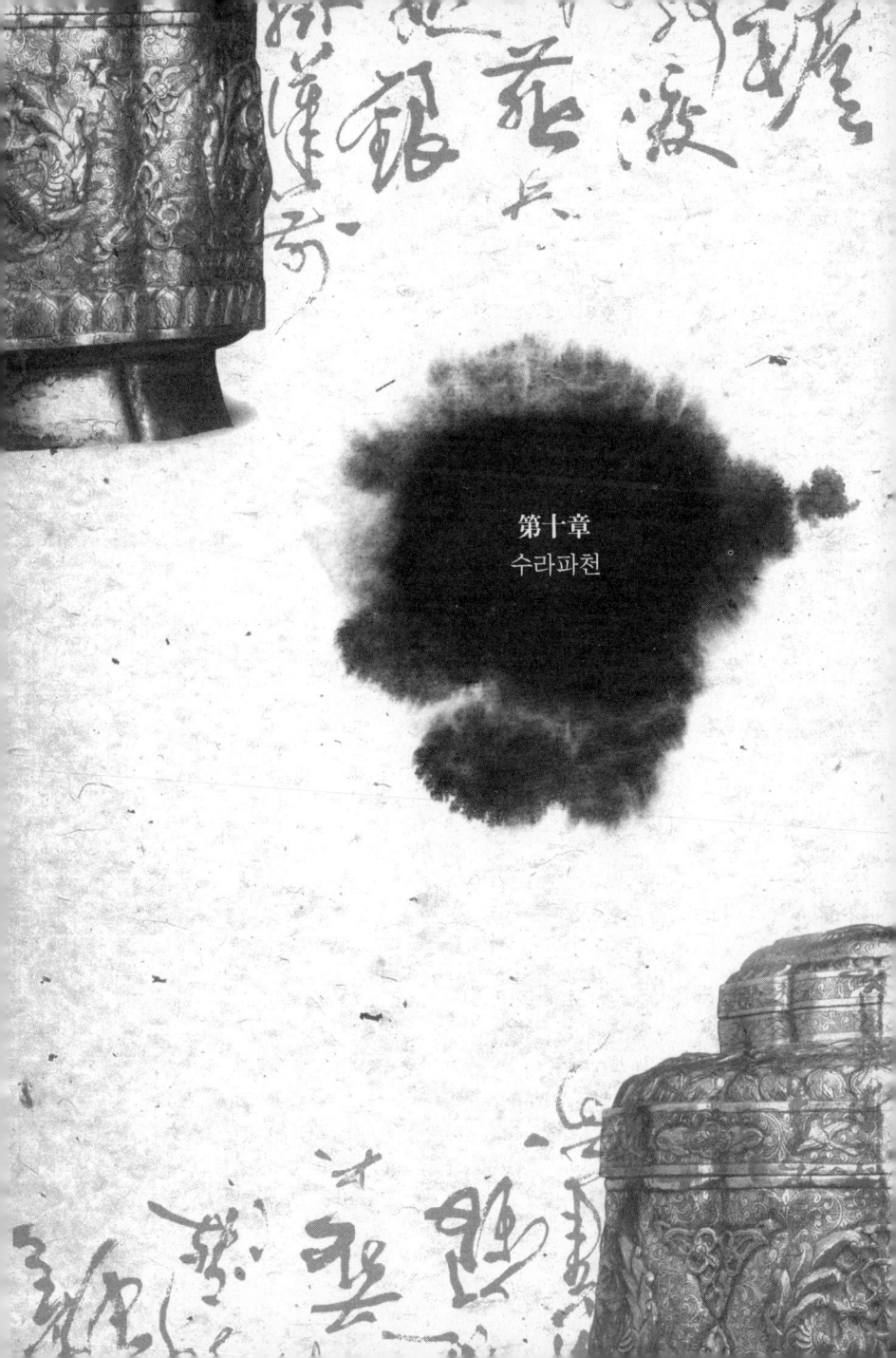

第十章
수라파천

"헉! 이, 이럴 수가……!"

가대건은 동굴 벽에 바짝 기댄 채 헛바람을 삼켰다.

동굴 입구가 기이한 형태로 변해 있었다.

마치 거대한 인간이 좁은 동굴 입구를 지나간 것처럼 양쪽 어깨와 허리로 보이는 부분이 깊게 파였다.

툭.

"……?"

동굴 밖에서 누군가 넘어지는 소리가 났다.

그제야 가대건은 동굴 안에 곽일비의 모습이 보이지 않는 다는 것을 깨달았다.

적우강의 몸에서 토해진 붉은빛.

"헉헉……."

적우강이 바닥으로 엎어지며 숨을 몰아쉬었다.

"적 사제!"

가대건은 적우강을 일으켜 앉히고는 잠시 아무 말 없이 벽에 등을 기댔다.

"나보다는 적 사제가 사는 것이 낫지."

가대건의 입가에 미소가 얹혀졌다.

목검을 쥔 채 천천히 동굴 밖으로 나갔다.

뭘 어떻게 하겠다는 생각은 없었다. 적우강을 살리기 위해서라면 시간을 끄는 수밖에.

"뭐야, 이게!"

동굴 밖으로 나간 가대건의 눈앞에 펼쳐진 광경.

상체가 날아간 시체, 얼굴만 날아간 시체, 몸이 반쪽만 남은 시체들이 널브러져 있었다.

"이, 이 개새끼들!"

퍽! 퍽! 퍽!

가대건은 달려가 살았을지 모르는 시체들을 목검으로 내려치고 주먹으로 때리고 발로 마구 짓이겼다. 그래도 속이 풀리지 않는지 바닥에 있는 돌멩이를 한 움큼 잡아 마구 던져댔다.

"…가 사형, 뭐 해요?"

"……!"

가대건은 적우강의 목소리를 듣는 순간 눈물이 왈칵 쏟아졌다. 목소리 하나로 눈물이 날 수도 있었다.

"적 사제, 정신을 차렸냐?"

"예. 이, 이들은 뭐예요?"

"아무것도… 기억 안 나?"

"여긴… 어? 제가 왜 여기 있죠?"

"……."

"가 사형……?"

"으허엉, 적 사제!"

가대건이 갑자기 적우강을 와락 끌어안았다.

적우강은 어리둥절한 표정을 지으며 억지로 가대건을 품에서 떼어냈다.

"왜 그래요, 가 사형?"

"…죽었다."

"누가요?"

"…전부… 다. 으허엉!"

"무슨 소리예요? 장난 그만 치고… 아! 여 사형은요? 장문대행님께서 손을 써주셔서 괜… 윽… 찮죠?"

"으허헝!"

"가 사형, 정말 왜 그래요?"

적우강은 답답하게 구는 가대건을 향해 짜증스럽게 물었

다. 말하기도 힘든데 자꾸만 울기만 하고, 동굴에 있는 것도 이상하고, 널브러진 시체들은 또 뭔가 말이다.

"…여불범이 죽었다."

가대건은 소매로 눈가를 훔치며 허망하게 말했다.

"예?"

"죽었어! 여불범이 죽었다고!"

"주, 죽다니요? 여 사형이 왜 죽어요? 가 사형!"

"소리 좀 지르지 마! 나도 괴로워! 사제 하나가 죽었다 살아나서 기뻐 죽겠는데! 여불범은 죽었다고! 으허엉! 장문대행님과 홍 사형… 까지 다 죽었어! 다 죽었다고!"

떵—

적우강은 비틀거렸다. 도대체 가대건이 무슨 말을 하는지 알아들을 수가 없었다.

"누구… 이들은 누구예요?"

"그놈… 곽일비가 끌어들인 마중천의 개들. 가만두지 않을 거야. 탈로미망산이란 걸로 장문대행님을 중독시키고 마중천을 끌어들여 점창파를 쑥대밭으로 만든 놈이 그놈이라고!"

"마중천? 탈로미망산? 좀 차근히 설명해 줘요!"

"으아아! 한 번 사용한 무공은 다신 사용할 수 없게 만드는 약이래! 마마대공이란 놈이 개떼처럼 인간들을 데려와 우리 점창파를 싹 쓸어버렸다고!"

숨을 헐떡거리며 말을 끝낸 가대건은 급기야 자리에 주저앉고 말았다.

적우강의 머릿속은 윙윙거리는 소리만 들렸다.

다 죽었다고?

마중천은 뭐고 곽일비의 배신은 또 뭐지?

적우강은 바닥에 널브러진 시체들을 죽 훑어봤다.

손이 저절로 움찔거렸다.

이들 때문에 점창파가 쑥대밭이 됐다고?

직접 확인하기 전에는 믿을 수가 없었다.

"가봐요. 무슨 말인지 모르겠어요."

"앉아봐."

"가 사형의 말이 사실이라도 아직 살아 있을지 모르잖아
요. 가요. 가서 구해요. 어서요!"

"일단 앉아!"

"가봐요!"

적우강은 곧장 몸을 돌려 강을 따라 올라갔다.

가대건이 달려들어 앉히려 했으나 무의미했다.

                    *   *   *

마마대공은 뱀눈을 빛내며 연무장 중앙에 서 있었다.

사공두를 기다리고 있는 중이었다.

청명각 사형제들을 잡아오라고 보낸 지 한 식경은 족히 지

난 것 같은데 아직도 돌아오지 않고 있었다.

"머리 나쁜 놈은 이래서 안 돼. 마마사천사, 가서 찬마흑살대주를 데려오너라. 필시 다 잡아올 때까지 그 자리에서 가만히 있을 녀석이다. 쯧."

마마대공의 말이 떨어지기가 무섭게 마마사천사 중 지옥마사와 마귀검왕이 제자리에서 사라졌다.

두 사람이 돌아온 것은 잠시 후였다.

"대공, 찬마흑살대주가 어디에도 보이지 않습니다."

"뭐야!"

마마대공은 짜증스럽게 외쳤다.

"뒤쪽 계곡으로 내려간 것까지 본 수하가 있다고 합니다."

"뒤쪽 계곡? 멍청한. 시간을 끌면 곤란하다고 그토록 일렀건만. 빨리 찾아서 데려와! 나머진 먼저 돌아간다!"

막 마마대공이 돌아서려 할 때였다.

"…그리고 한 가지 더 있습니다. 찬마흑살대 이십 명도 아직 돌아오지 않고 있습니다."

"뭐? 놓친 녀석들을 쫓는 것이 아니고?"

"그 인원은 따로 천라지망을 펼쳐 잡고 있습니다. 사공 대주와 함께 움직인 대원들만 한 명도 돌아오지 않았다는… 큭."

"그게 무슨 뜻이냐?"

마마대공의 섬뜩한 눈이 마귀검왕을 향했다.

"계곡 아래 누군가가 있을지도 모릅니다."

"사공 대주를 죽일 수 있는 자가 말이냐?"

"……."

"내려가 보면 알겠지."

마마대공은 명령을 내리고 곧장 검종전 뒤쪽으로 움직이려 했으나, 수하 한 명이 다른 길이 있다고 해서 정문을 나섰다.

정말로 길이 있었다.

중간쯤 내려갔을까?

마마대공이 팔을 펴 멈추게 했다.

'피 냄새다.'

낮게 깔린 계곡의 공기를 타고 혈향이 코로 스며들었다. 불길한 예감이 들었다. 확신이 서지 않는 일을 행할 때면 종종 느끼던 그 불안감이었다.

"지금부터 찬마흑살대는 계곡 전체를 포위하며 내려간다. 마마사천사는 흩어졌다가 사공두를 발견하면 신호를 보내……."

마마대공이 명령을 내리다 지그시 눈을 깔았다.

피 냄새가 갑자기 진해졌다.

말없이 손으로 어딘가를 가리켰다.

마마사천사가 동시에 움직이며 잠시 후 한 명을 끌고 나왔다.

"…혀, 형님."

"……!"

마마대공의 눈이 커졌다.

마마사천사가 데려온 인영은 바로 곽일비였다.

반쪽이 화상을 입은 것처럼 일그러져 있었으나 얼굴은 그나마 알아볼 수 있었다.

"무슨 일이냐? 어쩌다 이리됐어?"

"저, 저 아래… 괴, 괴……."

털썩.

곽일비는 끝까지 말을 잇지 못하고 혼절하고 말았다.

"일비를 치료해 주고 마차로 옮겨라. 나머지는 아까 명령한 대로 움직여. 어서!"

빠르게 움직이는 수하들을 바라보다 마마대공은 계곡 바닥으로 향했다.

곽일비가 알려준 대로 백여 장쯤 올라갔을 때다.

"……!"

마마대공은 기이한 광경을 하고 있는 장소에 멈춰 설 수밖에 없었다.

양쪽 발만 남아 있는 시체부터 목만 남은 시체까지.

신체의 일부분만을 남겨두고 사라진 자들은 분명 찬마흑살대원들이 분명했다.

위쪽을 올려다봤다.

절벽과 절벽이 이어지며 오목한 장소를 만들어낸 곳이었
다.

"협!"

입구에 거인이라도 빠져나온 것 같은 형상이 새겨져 있었
다.

"저, 저 형상은… 수, 수라파천!"

수라파천을 펼칠 수 있는 사람은 다음 대 마중천주의 자리
를 놓고 싸우는 네 명의 대공이 전부였다. 아니, 한 사람이 더
있었다.

그들에게 수라파천을 직접 알려준 마중천주 관결.

그러나 그것도 불가능했다.

관결이 사라진 지 무려 팔 년이었다.

그가 이곳에 있었다면 당장 모습을 드러냈을 것이다.

가능성은 한 가지였다.

"혹시 천주님의 제… 흡!"

마마대공은 말이 씨가 될까 봐 급히 입을 닫았다.

만약 저 안에 관결의 제자가 있기라도 한다면 목숨 걸고 점
창파를 친 자신의 행동은 무의미했다.

재빨리 뒤로 돌아 다가오는 찬마흑살대에게 멈추라는 손
짓을 했다.

마마사천사가 도착할 때까지 기다릴 시간이 없었다.

조심스럽게 안으로 들어갔다.

그자가 이곳에 있었다. 동굴 입구에 아수라의 형상을 만들어놓은 자가.

'이 정도의 수라파천은 나도 펼칠 수 있다. 하지만 굳이 흔적을 남긴 이유가 뭐지?'

마마대공은 동굴 밖으로 나와 점창파 쪽을 바라봤다.

일 보고 뒤를 닦지 않은 느낌이 들었다.

이대로는 돌아가는 것도 썩 내키지 않았다.

"마귀검왕, 점창파에 다시 다녀와라."

"존명."

*　　　*　　　*

적우강은 곧장 수련하던 곳으로 향했다.

가대건은 뒤에서 안절부절못했다.

지금과 같은 속도라면 여불범의 시신을 발견하는 건 시간문제였다.

아니나 다를까.

"아! 으으……."

적우강이 갑자기 멈춰 서며 신음을 내뱉었다.

본 것이다.

"여, 여 사형……."

적우강은 여불범의 시신 앞에 무릎을 꿇었다.

그러나 오열을 터뜨린 것은 잠시였다. 적우강은 곧바로 바닥을 향해 검기를 뿌려 구덩이를 만들어 여불범의 시신을 넣었다.

바닥을 다진 후 적우강의 신형이 무서운 속도로 솟구쳤다.

"저, 적 사제!"

가대건은 적우강의 갑작스런 태도에 기함을 지르며 재빨리 벽에 검을 꽂아 도약했다.

대전 뒤쪽 담까지 올라온 적우강은 손가락 하나를 바위틈에 넣고는 신형을 끌어 올렸다.

다른 건 아무것도 눈에 들어오지 않았다.

저 앞쪽에 흑포를 뒤집어쓴 시체들과 구별되는 큰 키의 인영이 눈에 들어왔다. 말과 행동이 느려 언제나 구자귀에게 혼이 나던 사형이었다.

도망갈 시간을 벌어주려 했던 모양이다.

"홍 사형……."

홍만의 시신을 뒤집어 얼굴을 확인하자 그 뒤로 눈물 두 방울이 떨어졌다.

적우강은 시신을 번쩍 들어 어깨에 올렸다.

다시 걸어갔다.

목까지 차오른 분노 때문에 입을 벌리기도 힘들었다.

우뚝.

"가, 강 장로……."

상체만 남겨진 강효의 시신과 몇 번을 짓밟혔는지 몸 안의 내용물이 모두 빠져나온 동태문의 시신이 저 앞에 있었다.

적우강은 홍만의 시신만을 수습했다.

벌써 두 명의 사형이 죽었다.

적우강은 대전 앞 연무장으로 향하던 걸음을 청명각 쪽으로 바꾸었다.

"적 사제……."

간신히 절벽을 올라온 가대건은 적우강의 어깨에 올려진 홍만의 시신에 눈물을 멈출 수가 없었다.

청명각 앞에 무덤 한 개가 만들어졌다.

적우강의 발걸음이 다시 어딘가로 향했다.

분노가 목까지 차올랐다는 것을 알 수 있었다.

은은하게 적우강의 몸에서 발산되는 빛은 동굴 입구로 들어오던 마중천의 고수들을 한 방에 날려 버리던 빛과 같았다.

저 빛이 발산되면 얼마나 무서운 일이 벌어지는지 가대건은 이미 본 후였다. 가까이 다가가는 것조차 섬뜩하게 만드는 저 기운은 인정하긴 싫지만 마기가 분명했다.

'마, 마기?'

가대건은 멈춰 섰다.

적우강이 연무장에서 무언가 줍는 것이 보였다.

그것을 쥔 적우강은 하늘을 올려다봤다.

"으으으! 똑같이… 돌려줄 테야. 사형들이 당했던 것만

큼… 장문대행님이 당하신 만큼 돌려줄 거야. 마중천… 곽일
비…….”

적우강의 전신에서 붉은빛이 일렁였다.

쉬쉭.

적우강은 정문을 지나 무작정 달렸다.

손에는 누구의 것인지도 모를 검이 쥐어져 있었다.

무엇을 어떻게 하겠다는 생각 자체가 없었다.

일단 흑포를 뒤집어썼다는 자들을 찾아야 했다.

문제는 아무리 달려도 그들의 모습을 볼 수 없다는 것이었
다.

'아! 물길!'

적우강은 그제야 멈춰 서며 자신의 머리를 때렸다.

왜 바보같이 길을 따라 움직였을까?

곧바로 계곡 아래를 향해 내려갔다.

이내 계곡 바닥에 도착한 적우강은 상류로 올라갈지 하류
로 내려갈지 선택해야 했다.

달려온 길이 상당했지만 정신을 잃고 점창파까지 간 시간
을 고려하면 아직도 상류 쪽에 있을 리 없었다.

'사형들, 장문대행님, 죽지 말아요!'

연무장에서 주운 것은 서벽풍의 금빛 노리개였다. 그것으
로 서벽풍이 살아 있을 거라 믿는 것이다.

적우강은 시간을 소비한 것을 자책하며 서둘렀다.

하류를 향해 달리던 적우강의 눈에 이채가 떠오른 것은 얼마 지나지 않아서였다. 절벽을 잇는 좁은 길로 이동하는 흑포인들을 본 것이다.

팟!

적우강은 땅을 박차며 무작정 절벽을 올라갔다.

계곡의 바람을 타고 몸을 수평으로 뉘어 사선으로 내달리다 다시 벽을 튕겨 올라가는 식으로 움직였다.

이때, 앞쪽 물길에서 땅을 진동시키는 굉음이 들려왔다.

우르르르—

"……!"

저 소리가 무엇을 뜻하는지 적우강은 알고 있었다.

저 물길 끝에는 폭포가 있다는 의미였다.

적우강은 잠시 벽에 붙어 물길 앞쪽을 살펴봤다.

물을 가르는 몇 줄기 인영이 보였다.

더 이상 생각할 것이 없었다.

쫓고 있는 흑포인들의 이목을 뺏어와야 했다.

곧장 몸을 비틀며 절벽에다 대고 현천삼식 중 제삼식 미리반천을 연속으로 펼쳤다.

쿠콰콰콰콰!

바위 조각들이 마구 바닥으로 떨어져 내렸다.

"뒤쪽에도 있다!"

적우강을 발견한 흑포인이 소리쳤다.

사형들을 쫓고 있던 흑포인들이 일제히 멈춰 서며 적우강을 돌아봤다.

적우강은 흑포인들의 숫자를 세어보았다.

최소 오십 명은 넘는 것 같았다.

이곳에서 싸울 필요는 없었다.

저들 중 일부가 다시 사형들을 쫓아간다면 무의미하기 때문이다.

그러나 약간의 미끼는 필요했다.

검을 쥔 손에 힘을 주었다.

폭포로 향하던 인영들이 좌우로 갈라지는 모습이 적우강의 눈에 들어왔다.

이젠 굳이 이곳에서 시간을 보낼 이유가 없었다.

쿠콰콰!

적우강은 다가오는 자들을 기다렸다가 절벽에 미리반천을 펼치며 재빨리 상류 쪽으로 달리기 시작했다.

계단을 오르고 바위를 짊어진 채 달리는 훈련에는 이골이 난 적우강이었다. 뒤를 살피며 적당한 거리를 유지하는 것을 잊지 않았다.

속으로는 쫓아오는 자들을 모두 죽이고 싶을 정도로 화가 나 있었지만 모두 상대하는 것은 만용이었다.

저들을 분산시킨 후 숲에서 승부를 보기로 했다.

"……!"

적우강은 절벽 위로 올라가려다 말고 멈춰 섰다.

"애송아, 잘도 설쳐 대는구나."

모골까지 송연하게 만드는 귀기 어린 음성이 적우강의 귀를 파고들었다.

적우강은 재빨리 절벽을 등지고 섰다.

그러나 뒤에서 쫓아오는 흑포인까지 도착하면 꼼짝없이 잡혀야 할 상황이었다.

앞쪽에 나타난 자들 중 맨 앞에 선 뱀눈의 사내와 눈이 마주쳤다.

"네가 사공두를 죽인 녀석이냐?"

"장문대행님은 어디 계시느냐?"

적우강은 오히려 반문했다.

눈앞의 뱀눈을 한 자가 이들의 수괴라는 것을 한눈에 알아본 까닭이다.

"누가 사공두를 죽였냐고 물었다."

"장문대행님은 어디 계시냐고 물었다."

적우강의 말투는 마마대공과 똑같았다.

마마대공은 짜증스런 표정으로 뒤쪽을 향해 손을 흔들었다. 기다렸다는 듯이 찬마흑살대원들이 일제히 적우강에게 덤벼들었다.

적우강은 이 정도 인원을 상대해 본 적은 없었다.

그러나 움직임들이 뚜렷하게 눈에 들어왔다.

현천삼식만으로도 충분히 상대할 수 있을 것 같았다.

이 상황을 뿌리치기 위해서는 발현, 잠둔, 미리반천을 몇 번이나 연속으로 펼쳐야 할지 몰랐지만 다른 선택의 여지는 없었다.

다행인 것은, 불길이 치솟을 때 느껴지던 그 알 수 없는 힘이 단전을 빡빡하게 채우고 있다는 것이다.

츠르르르릇.

적우강의 손에 들린 검에서 아지랑이가 길게 늘어져 나오기 시작했다.

검막에서 다시 한 단계 올라간 검사의 모습이었다.

그러나 그 모습을 지켜보던 마마대공의 눈에는 실망이 감돌았다.

'저 녀석이 수라파천을 펼친 게 아니었나?'

검사 따위는 마마대공에게 어린애 장난일 뿐이었다.

착각했다는 듯이 고개를 절레절레 흔들며 돌아섰다.

푸학!

'웅?'

마마대공은 갑자기 커진 기운에 천천히 돌아섰다.

"검환?"

조금 전까지만 해도 검사였던 기운이 어느새 급격하게 커

지며 둥근 환을 만들어 찬마흑살대원들을 잘라 버리고 있었
다.

"마마사천사!"

"존명!"

마귀검왕을 제외한 세 명이 일제히 적우강을 공격해 들어
갔다. 검환의 단계인 점창파의 일곱 장로를 처치한 고수들이
었다.

적우강이 아무리 검환을 사용한다고 해도 셋이나 되는 그
들을 상대할 리가 없었다.

그러나 결과를 지켜보던 마마대공의 뱀눈이 찢어질 듯 부
릅떠졌다. 황당하게도 적우강이 마마사천사 셋의 힘을 감당
하며 버틴 것이다.

콰콰쾅!

연속된 세 번의 폭음이 그것을 말해주고 있었다.

"마마사천사, 비켜라!"

마마대공은 입가로 피를 흘리는 적우강을 보며 은근히 가
슴이 두근거렸다.

초식은 분명 점창파의 초식이었으나 마마사천사의 공격을
막으며 사용한 내공은 분명 마기였다. 그것도 아주 순수한 마
기.

수라파천을 익힌 녀석이 바로 이 녀석이었다.

"네놈이었구나. 흐흐흐, 수라파천을 어디서 얻었느냐?"

"장문대행님은… 지금 어디… 계시느냐?"

적우강은 입가로 피를 흘리면서도 또다시 반문했다.

"제자들을 살린답시고 살 수 있는 길을 포기하고 내 공격을 고스란히 받은 그 늙은이를 말하는 것이냐, 사형들에게 독약을 받아먹고 제자에겐 비수를 맞을 정도로 어리석은 그 늙은이를 말하는 것이냐?"

"…컥!"

적우강은 얘기를 듣다 끝내 각혈하고 말았다.

사형들을 살리기 위해 자신을 희생한 서벽풍의 모습이 떠오른 까닭이다.

비릿한 혈향이 입 안을 채웠다.

분노로 인해 몸속의 모든 힘이 터져 나가기 일보 직전이었다.

조금 전 마마사천사를 막으며 힘을 모두 소진한 것 같은데 어디서 이런 힘이 나오는지 몰랐다.

몸 안의 모든 혈맥을 녹일 것 같은 이 뜨거움.

"우오오오오!"

적우강의 눈동자가 갑자기 뒤집히며 입에서 엄청난 마후와 함께 혈광을 쏟아내기 시작했다.

"헛!"

마마대공은 헛바람을 삼키며 곧장 혈룡을 일으켰다.

마마대공의 검에서 빠져나온 혈룡은 잠에서 깨어난 듯 눈을 희번덕거리다 다가오는 혈광을 삼켜 버렸다.

쿠콰쾅!

'조금 전의 기세는 어디 가고······.'

마마대공은 어이없는 표정을 짓고 말았다.

너무나 싱거웠다.

그때였다.

드드드등—

적우강을 먹어치운 혈룡이 갑자기 광분하며 날뛰다가 쩍쩍 갈라지기 시작했다.

"헛!"

마마대공이 깜짝 놀라 급히 내공을 끌어올리려고 할 때 혈룡의 등을 찢으며 모습을 드러내는 마물이 있었다. 그것은 붉은 아수라가 아니었다.

백색의 아수라!

한 번도 듣도 보도 못한 형태의 아수라였다.

콰쾅!

"헉!"

마마대공은 쩌릿한 충격이 손으로 전해지자 급히 뒤로 물러서며 다시 혈룡을 불러내려 했다. 하지만 이내 환영처럼 백색의 아수라는 사라지고 없었다.

"그 녀석은 어디 있느냐?"

마마대공은 적우강을 찾아 두리번거렸다.

"녀석은 주군의 공격을 견디지 못하고 절벽에 부딪친 후 물에 빠졌습니다."

"물? 어디? 어디 있느냔 말이다!"

"물에 빠져서 아직 나오지 않고 있습니다."

마마사천사의 대답에 마마대공은 떨어진 곳보다 아래쪽을 뚫어져라 쳐다봤다. 하지만 아무리 기다려도 적우강의 모습은 드러나지 않았다.

"……"

혈룡에 물린 것은 적우강이 분명한데 오히려 충격은 마마대공이 더 크게 받았다. 지금도 단전을 바늘처럼 찌르는 기운이 남아 있었다. 마치 환영처럼 보였던 백색의 아수라가 몸속에 남아 있는 것처럼.

'그건 수라파천이 아니었어……'

물속에 이토록 오래 있다면 죽은 것이 확실했다.

그러나 이 찜찜한 기분은 뭐란 말인가?

더구나 수라파천을 찢어버린 그 의문의 백색 아수라는?

머리가 지끈거렸다.

"그 늙은이를 살려두길 잘했어. 녀석이 만약이라도 살아난다면 반드시 늙은이를 찾아올 것이다."

서벽풍이 무슨 수로 적우강을 제자로 거두었는지는 의문이었으나 그것은 차차 조사해 보면 알 수 있었다.

지금 당장 필요한 것은 마마대공이 점창파를 멸문시켰다

는 증표였다.

마마대공 등이 사라진 직후.
상류로 올라가는 잔물결이 있었다.
겁이 나서 적우강이 싸우는 것을 물속에서 꼼짝도 않고 지켜보던 가대건이 이제야 올라온 것이다.

『천마검선』 2권에서 계속…

고검추산

허담 新무협 판타지 소설
FANTASTIC ORIENTAL HEROES

**두 사형제가 난세(亂世)를 헤치며 만들어 나가는
기이막측(奇異莫測)한 강호(江湖) 이야기!**

천하가 사패(四覇)의 대립으로 혼란스러운 시기,
세상이 혼탁해지자 강호(江湖)에는 온갖 은원(恩怨)이 넘쳐난다.
그러자 금전을 받고 은원을 해결해주는 돈벌레[黃金蟲]가 나타난다.
그런데… 비천한 황금충(黃金蟲) 무리 가운데 천하팔대고수(天下八大高手)가
나타나니…

**천검(天劍) 능운백(陵雲白)!
천하팔대고수이자 강호제일 청부사의 이름이다.**

그리고… 그가 두 제자를 들이니, 고검(孤劍)과 추산(秋山)이 그들이었다.
훗날 강호제일의 해결사가 되어 무림을 진동시킬 이들이었다.

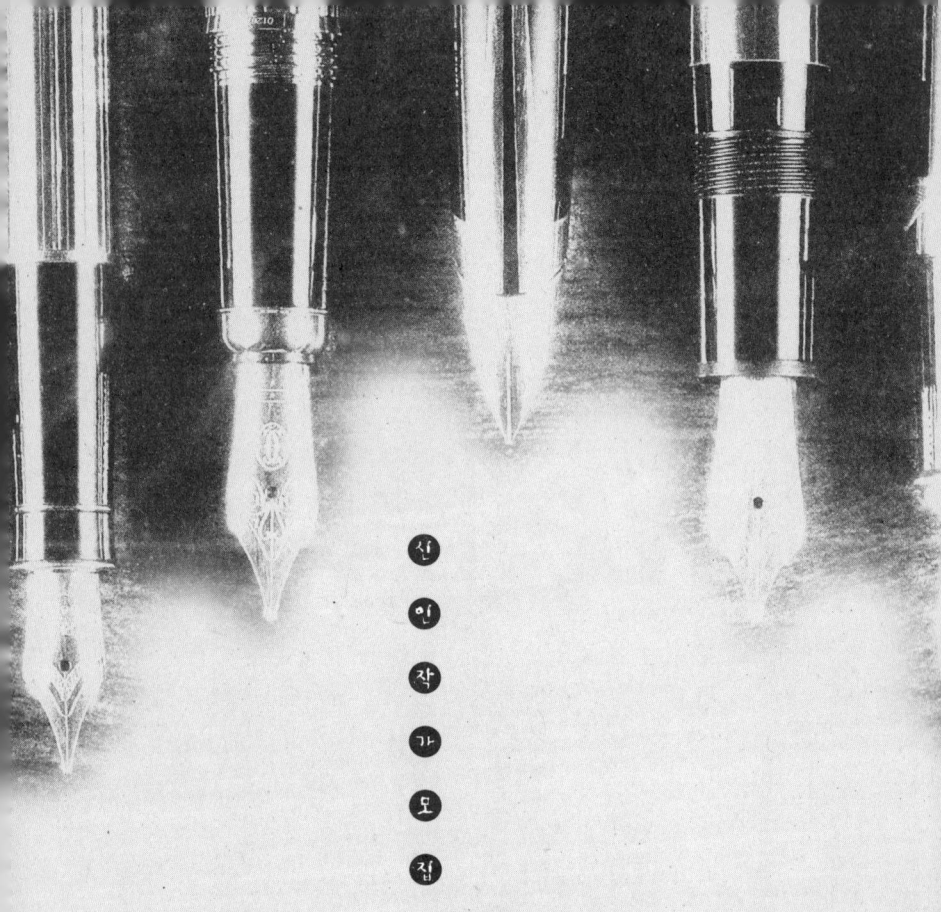

신
인
작
가
모
집

시작이 반이라고 했습니다.
작가의 길에 대한 보이지 않는 벽을 과감히 깨뜨리십시오!
청어람은 작가 지망생 여러분들의
멋진 방향타가 되어드리겠습니다.

저희 도서출판 청어람에서는
소설 신인 작가분들을 모집합니다.
판타지와 무협을 사랑하시는 분들의 많은 참여를 바랍니다.
소정의 원고(A4용지 150매)를 메일이나 우편으로 보내주시면
검토 후 출판 여부를 알려드리겠습니다.

주소:경기도 부천시 원미구 심곡1동 350-1 남성B/D 3F 우편번호420-011
TEL:032-656-4452 · **FAX**:032-656-4453
http://www.chungeoram.com
e-mail:chungeoram@chungeoram.com

새델
크로이츠

화사무쌍 편 전 2권
이경영 판타지 장편 소설

『가즈나이트』의 명성과 신화를 넘어설
이경영의 판타지의 새로운 상상력!

자신만의 독특한 세계관을 창조한 작가
이경영의 새로운 도전과 신선한 충격.

바란투로스의 특수부대 새델 크로이츠의 리더 파렌 콘스탄.
야만족을 돕는 안개술사를 물리치기 위해 아시엔 대륙에서 온
불을 뿜는 요괴 소녀 카샤.
너무나 다른 두 사람이 운명의 길에서 만나다.
친구란 이름으로 시작된 모험, 그 앞에 놓인 난관과 운명의 끈은
어떻게 될 것인지……

"질투가 날 만도 하지.
요괴가 산신령을 엄마로 두는 건 흔한 일이 아니거든.
괜찮다, 파렌. 본좌가 아는 요괴들 전부 본좌를 질투하고 부러워하니까."
소녀는 손에 잔뜩 받은 빗물을 홀짝 마셨다.
파렌은 그 순수함에 웃음을 흘렸다.
그는 지금까지 자신이 봤던 그녀의 기이한 행동들을 어렴풋이나마 이해할 수 있을 것 같았다.
그렇게 친구가 된 둘은 그 길로 긴 여행을 떠나게 된다.

-본문 중에-

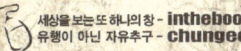

세상을 보는 또 하나의창 · inthebook.net
유행이 아닌 자유추구 · chungeoram.net

Book Publishing CHUNGEORAM

학교에서는 가르쳐주지 않는

10대들을 위한 **인생수업**

작가 : 이빙 | 역자 : 김락준

10대들을 위한 나침반 같은 인생 교과서!
사회 초입에 들어서게 될 청소년들에게 들려주는
100가지 인생 이야기

내 인생의 방향잡기!
여행길에 오르기 전에 접해보자!

100가지 이야기, 100가지 명언

사람은 태어나면서부터 각기 다른 모습으로, 각기 다른 사고로 "인생" 이라는
여행길에 오르게 된다. 내가 지금 서 있는 이 위치에서 그리고 사회라는 공간에서
한 사람의 몫을 당당하게 해낼 수 있는 역량을 키워나가기 위해서는 어떠한 생각을
가지고 있어야 하는 걸까.

늦지 않게 준비하자! 스스로의 마음가짐이 자신의 미래를 결정한다!

설레는 마음으로 떠난 길일지라도 기존에 생각하고 있던 것과는 다르게 흘러가는
사회의 모습에 당혹스럽기도 할 것이다.

그러한 곳에 발을 들여놓기 위해 첫 발걸음을 막 뗀 청소년이라면 학교에서는
미처 배우지 못한 상황에 더욱이 큰 혼란스러움을 느낄 수밖에 없다.
시간이 흐를수록 사회가 한 인간에게 요구하는 것은 다양하고 세밀해지고 있다.
그러한 사회 속에서 자신만이 앞으로 나아가지 못해 제자리걸음을 하게 된다면 어떠할까.
미리 대비를 하지 않는다면 당신 역시 그러한 현상에 빠지는 또 한 명의 사람이 되고 말 것이다.

책장을 넘기는 순간, 책과 당신의 공감대가 형성된다!

적응을 위해 도움이 될 만한
인생의 지혜와 경험, 깨달음이 한가득 담겨있다.
그 속에 담긴 100가지 이야기 그리고 그와 관련된 100가지의 명언은
가슴 깊이 새겨 놓고 되뇌어 보기에 충분하다.

Book Publishing CHUNGEORAM

세상을 보는 또 하나의 창 - inthebook.net
유행이 아닌 자유추구 - chungeoram.net

공부하는 감각의 차이가 자녀의 미래를 결정한다.
이 시대가 필요로 하는 명품 인재 만들기!

Luxury Study habit

올바른 습관이 명품 자녀를 만든다

명품
공부습관
87가지

저자 : 친위
역자 : 오혜령

똑소리 나는 부모의 똑소리 나는 자녀 교육법!

어린 시절의 습관은 평생을 결정한다.
제대로 바로잡지 못한 나쁜 습관은 자녀의 미래에 검은 그림자를 드리울 수도 있다.
대부분의 부모들은 아이의 잘못된 습관을 발견하면 언성을 높이는 경향이 있다.
하지만 그것이 문제 해결의 방법이 아님을 당신은 이미 알고 있을 것이다.
지금 당신은 적절한 대안을 찾지 못해 힘겨워 하고 있지는 않은가.
내 아이가 명품 인생으로 살아가길 희망하는 부모라면 이 책에 귀를 기울여 보자.

내 아이가 세상의 중심에 우뚝 설 수 있게 하는 방법!

이 책은 잘못된 공부습관과 대인관계 형성 등의 문제 등을
87가지 이야기를 통해 알아보고 그에 걸맞는 올바른 해결책을 제시해주고 있다.
이 한 권의 책을 통해 똑소리 나는 부모가 되어보자.
그리고 내 아이가 최고의 명품으로 거듭날 수 있도록 노력해보자.
이 책은 분명 당신에게 꼭 맞는 효과적인 자녀교육서가 될 것이다.

세상을 보는 또 하나의 창 · inthebook.net
유행이 아닌 자유추구 · chungeoram.net

Book Publishing CHUNGEORAM

Rhapsody Of Cardinal

카디날 랩소디

송현우 판타지 장편 소설

놀라운 경험(the enormous experience)!

He created a completely new world.
It is a place who have never known and where never been able to imagine.
This splendid world will introduce the enormous experience for the
person only who reads.

그 누구에게도 알려진 것이 없으며 상상조차 할 수 없었던 새로운 세계를
작가는 완벽하게 창조해내었다.
이 멋진 세계는 독자들만이 체험할 수 있는 놀라운 경험으로 인도할 것이다.

판타지는 허구다? 아니다. 판타지는 일상이다.
우리의 삶은 연속된 판타지의 연장선상에 놓여 있고,
상상은 우리의 일상을 더욱 살찌운다.
『카디날 랩소디(Rhapsody of Cardinal)』를 경험하는 독자들은
더욱 풍부한 일상 속에서 새로운 삶을 경험할 것이다.
멋진 만남! 흥미로운 경험! 이것이 『카디날 랩소디』가 가진 장점이며,
작가 송현우가 독자들에게 바라는 꿈이다.

세상을 보는 또 하나의 창 · inthebook.net
유행이 아닌 자유추구 · chungeoram.net

Book Publishing CHUNGEORAM